KB267740

오늘 속의 영원, 영원 속의 오늘

오늘 속의 영원, 영원 속의 오늘

강은 과거에 이어져 있으면서
과거에 사로잡히지 않는다.

미래시선 ⑦⓪

오늘 속의 영원, 영원 속의 오늘

구 상 연작시선집

미래문화사

自作解題

　아마 나는 한국에서 연작시를 시도한 효시의 사람일 것이고, 또 가장 많이 쓰기도 하였을 것이다. 그 나 나름의 이유인즉, 나같이 머리가 지둔(遲鈍)하고 명민(明敏)치 못한 사람은 촉발생심(觸發生心)이나 응시소매(應時小賣)격으로 시를 써 가지고선 사물의 실재를 파악하지 못할 뿐 아니라 존재의 무한한 다면성이나 복합성을 인식하고 조명해 내지 못하기 때문에 한 제재나 주제를 가지고 응시와 관찰과 사색을 거듭함으로써 관입실재(觀入實在)에 도달하려는 의도에서라고 하겠다. 또한 이러한 한 사물이나 존재에 대한 주의집중에서 오는 투시력은 곧 모든 사물이나 존재에 대한 투시력을 획득할 수 있으리라는 열망에서라고 하겠고 이의 실천에서 어느 정도 자기 나름의 성과를 거두고 있다고 생각했다.

　그야 어쨌거나 이 선집 제1부에 수록하는 〈까마귀〉는 1970년대 이후 물질만능과 기능주의로 치닫는 시대상황에 대한 경보(驚報)를 우유(寓喻)로 쓴 시편들이며, 제2부 〈밭 일기〉는

1960년대 내가 해방 후 월남 탈출을 비롯하여 6·25 동란과 4·19까지를 거치면서 너무나 현실참여에 행동적으로 기울어져 자신의 삶이 문학작업에서 이탈된 것을 깨닫고 시창작에 전념과 복귀를 위한 자기 훈련삼아 인간의 원초적 삶의 터전인 밭에다가 상념을 집중시켜 100편을 써본 것으로써 생성과 소멸이 번다한 밭은 그 자연적 서경이나 서정의 실사(實寫)만으로도 다채로와 나의 시작 훈련에 크게 도움이 되었으며, 제3부 〈그리스도 폴의 강〉은 저 밭과는 달리 생성과 소멸이 잘 눈에 뜨이지 않는 사물과 존재의 내면적 실재에 대한 인식의 추구로 1980년 중반에 60편을 완성하였었고, 제4부 〈초토(焦土)의 시〉는 1950년 6·25 동란의 비극적 자체험을 인류의 보편적 차원에서 증언해 놓은 것이며, 제5부 〈모과(木瓜) 옹두리에도 사연이〉는 역시 1980년대말 소위 유년기에서부터 70평생에 이르기까지의 자서전을 90편의 시로 쓴 것이다.

　이외에도 선화가(禪畵家) 중광(重光) 스님의 그림을 곁들인 시화집 〈유치찬란—원제목 童心抄〉 53편의 연작이 있으나 단행본이 너무 방대해져서 제외되었다. 여기 수록된 시편들은 각 연작시의 전편이 아니라 그 일부의 시들을 추려 뽑은 것이다. 그리고 이상 나의 시의 지향이랄까를 한마디로 말한다면 오늘 속에서 영원을, 영원 속에서 오늘을 조명해 보려는 갈구(渴求)와 간원(懇願)이었다고나 하겠기에 책제(冊題)도 그렇게 붙였다.

끝으로 일종의 난해한 시로 평판되는 나의 이런 이색적 시선집을 이 출판 불황기에 '문학의 해'의 기념으로 자진 출판하겠다고 나서 주신 미래문화사 임종대 사장께 감사드리며 또한 제작 담당진의 노고에도 합장하는 바이다.

1996년 정초

표 훈 적음

차례·오늘 속의 영원, 영원 속의 오늘／구상

강은
스스로가 스스로를 다스려서
어떤 구속에도 자유롭다.

진실로 고민하는 자는
절망하지 않느니.

까마귀

까마귀

1
까옥 까옥 까옥 까옥

친구여 !
나는 어쩌면 그대들에게
미안하이.

내가 그대들에게 들려줄 노래사
그지없건만
오직 내 가락이 이뿐이라서
미안하이.

까옥 까옥 까옥 까옥

2
봄놀이 버스가 들떠서 달리는 고속도로 한복판에 까마귀
한 마리 날아와 앉아 울고 있다.

까옥 까옥 까옥 까옥

예전에는 내가 저 산등 나무 위에서 두세 번 목소리만 내
어도 사람들은 걸음을 멈춰 오늘의 자기 행신(行身)을 불안해 하

고, 자기 삶의 모습을 살피기도 하고, 죽음을 떠올려도 보
고, 더러는 영원이라는 것도 생각들을 하더니

까옥 까옥 까옥 까옥

요즘 세월은 어찌된 셈판인지 내가 이렇듯 아스팔트 한가
운데까지 나와 기를 쓰고 우짖어대도 오고 가는 차 하나 멎
기는커녕 그저 줄달음치는 굳게 닫힌 차창 속에서 저런 쓸모
없는 날짐승이 아직도 살아 남아 있었구나 하는 눈짓들이니

까옥 까옥 까옥 까옥

거리에서 쫓기며 헤매는 참새떼 소리나 저희 집 새장 안의
앵무새 소리나 동물원 철망 속의 꾀꼬리 소리 같은 그 철딱
서니 없는 노래들만을 노래로 알고 들으며 사는 저것들이 오
늘날 벌이고 있고 또 내일도 벌일 그 세상살이라는 게 나로
선 하두 맹랑해 보여서

까옥 까옥 까옥 까옥

오산 인터체인지 근처 고속도로 한복판에 까마귀 한 마리
역사轢死를 각오한 듯 나와 울고 앉아 있다.

3
나는 비탈산, 거친 들판을 헤매면서
썩은 고기와 죽은 벌레로 배를 채우며
종신서원終身誓願의 고행 수도를 하는 새다.

까옥 까옥 까옥 까옥

너희는, 영혼의 갈구와 체읍涕泣으로
영영 잠겨 버린 나의 목소리가
불길不吉을 몰고 온다고 오해하지 말라.
오직 나는 영통靈通한 내 심안에 비친
너희의 불의가 빚어내는 재앙을
미리 알리고 일깨워 줄 따름이다.

까옥 까옥 까옥 까옥

오늘도 나는 북악 허리 고목 가지에 앉아
너희의 눈 뒤집힌 세상살이를 굽어보며
저 요르단 강변 세례자 요한의
그 예지와 진노를 빌어서 우짖노니

— 이 독사의 무리들아 회개하라!

하느님의 때가 가까이 왔다.
속옷 두 벌을 가진 자는 한 벌을 헐벗은 사람에게 주고
먹을 것이 넉넉한 사람은 굶주린 이와 나누어 먹고
권세가 있는 사람은 약한 백성을 협박하거나 속임수를 쓰
지 말 것이요,
나라의 세금은 헐하고 공정하게 매겨야 하며
거둬들임에 있어도 부정이 없어야 하느니라—

까옥 까옥 까옥 까옥

4

꼬리를 무는 스캔들로 세상이 떠들썩한 어느 날 한밤중 홀
연, 이게 어인 신이神異런가? 저 이탈리아 스비아고산1) 속에
서 베네딕도의 까마귀2)가 나에게 나타났다.

까욱 까욱

그는 수도원 까마귀답게 모습도 청수淸秀하려니와 단전으로

____

1) 로마에서 얼마 안 떨어진 산으로, 가톨릭의 베네딕도 성인이 출가 후 처
   음 이곳에서 隱修생활을 하였다.
2) 그 성인이 까마귀들과 잘 사귀어서 그 까마귀들의 도움을 받기도 하였으
   므로 이를 기념하여 지금도 거기 수도원에서는 까마귀를 기르고 있다.

부터 우러나오는 목소리로 '평화의 인사'[3]를 하였다.

까 까옥
나는 하도 반가워 말을 더듬었다.

까욱 까욱 까욱
아빠스[4]께서 그대에게 전하라는 말씀이오!

까욱 까욱
— 말씀하소서.

까욱 까욱 까욱 까욱
— 그대는 요행을 피하고, 정조를 지키며, 진실을 살라!

까욱 까욱
— 그뿐이옵니까?

까욱 까욱
— 뭐가 미흡하오?

---

[3] 가톨릭 미사중에 서로가 나누는 축복의 인사.
[4] 라틴어의 師父라는 뜻의 낱말로 현재도 가톨릭 수도원에서는 大院長을 이
렇게 부른다.

까 까옥
―아, 아니옵니다.

이야기를 더 잇기도 전 깜짝할 새 베네딕도의 까마귀는 온
데간데없이 사라지고 어둠의 창 밖에서 억수 장마비 소리만
이 들려왔다.

5
까옥 까옥

서울 여의도 아파트숲 까마귀가 오대산에 단풍 구경을 갔
다가 그 중허리 후미진 곳에서 수도하는 한 늙은 까마귀를
만나 수작을 건넸다.

카옥
약간 쉰소리로 그 까마귀 중은 인사를 받았다.

까옥 까옥 까옥 까옥
―대뜸입니다만 세상살이가 왜 이다지 뒤틀려 가는 겝니
까?
카옥 카옥
―그야 그대, 시인들 탓이지!

까옥 까옥 까옥
——뭐라고요? 우리 시인들 탓이라구요?
카옥 카옥 카옥 카옥
—아무렴 그렇고 말고, 오늘의 시인들의 불명不明이 이 시
대를 이처럼 흐리게 하는 거지!
……?
서울 까마귀는 응수할 말을 찾지 못했다.

카옥 카옥 카옥 카옥
—인간 일체의 죄장罪障은 시만이 소멸시킬 수 있으나 오늘
날 그대들 시쪼각으로서야 어디? 쯔쯧.

……

서울 까마귀는 더 이상 자리할 수도 없어 물러나고 말았
다.

6
어느 날 저녁 나의 작은 뜰에 까마귀 한 마리가 허청허청
찾아왔다.

까욱 까욱 까욱 까욱

　그는 거리 언덕바지에 있는 신의 무덤[5]에 나가 앉아서 한
나절 울다가[6] 오는 길이라면서 목이 좀 탁해 있었다.

　까욱 까욱 까욱 까욱

　나는 그에게 호콩과 맥주를 대접하면서 요새 자신의 노래
에 대한 자조(自嘲)도 있고 해서 '그대나 나나 이제 그만 불길한
울음일랑 거두고 앵무새처럼 남이 일러주는 말이나 되뇌어
보이든가, 참새떼처럼 제멋대로 세상살이나 지껄여대든가,
아니면 꾀꼬리나 종달새처럼 자연이나 흥겹게 노래하며 사는
것이 현명하지 않겠느냐'고 그의 심중(心中)을 떠보았다.

　까욱 까욱 까욱 까욱

　그는 이 말에 정색을 하면서 '그야 이제 오직 눈에 보이는
것만 섬기는 이 백성들에게 자신이 별로 볼일 없는 날짐승이
된 것을 잘 알지만 그나마 당신이나 내가 예언과 경보(警報)의
제구실을 버리면 이 백성들은 독수리의 밥이 되고 말 것이니
지치고 힘겨우나 우리만이라도 숨지는 그 시간까지 제 소리

---

[5] R. 아돌프스(네덜란드 가톨릭 수도사)의 冊題로 오늘의 타락한 교회를 상
　징한 말.
[6] 時局祈禱會를 은유로 썼음.

22

를 내다 가야 하지 않겠느냐 ! ’고 사뭇 나를 힐책하고 대들
었다.

　까욱 까욱 까욱 까욱

　나도 실상 그저 해보는 소리지 변신을 의중^{意中}한 바도 아니
어서 주석^{酒席}의 기롱^{譏弄}을 사과했더니 그는 곧 화색^{和色}으로 돌
아와 동물원 철망 속의 비둘기, 까치 이야기랑을 걱정스레
우짖다가 통금시간에 견줘 도봉산 기슭, 제 둥우리로 향했
다.

　7
까옥 까옥
—으스스하지 ?
까옥 까옥
—한여름인데 !
까옥 까옥 까옥
—시청 옥상에 매가 나타났다며 ?
까옥 까옥 까옥
—마구 비둘기들을 채간다나봐.
까옥 까옥 까옥 까옥
—까치들은 가둬 놓고 비둘기들은 채가고

까옥 까옥 까옥 까옥
―이 도성都城! 말씀이 아니군.
까옥 까옥 까옥 까옥 까옥
―런던 탑처럼 우리들도 붙잡아다
　날개를 자르려 들지나 않을까?
까옥 까옥
―무시 무시!

　　8
까옥
까옥
까옥
까옥
까옥
까옥
까옥
까옥
까옥
까옥
까옥
까옥
까옥

까옥
까옥
까옥
까옥、
깍
깍
칵
칵
─자네 목소린 잠겼군!
─자네 목소린 쉬었군!

　9
까옥 까옥 까옥

─진실로 고민하는 자는
　절망하지 않느니.

까옥 까옥 까옥

─진실로 고민하는 자는
　절망하지 않느니.

까옥 까옥 까옥 까옥

—정녕, 진실로 고민하는 자는
  절망하지 않느니.

10
까옥 까옥
서울 여의도 아파트 숲 까마귀가 오대산 중허리 늙은 까마
귀 중을 다시 찾았다.

카옥
인사를 받는 늙은 까마귀 중은 길고 흰 눈썹만 꿈적였다.
까옥 까옥 까옥 까옥
—인간 일체의 죄장罪障을 시만이 소멸시킬 수 있다고 그러
셨는데 지난 1년 동안 아무리 생각해 봐도 모르겠어요.

카옥 카옥
—내가 그랬던가?

까옥 까옥
—그럼요! 대체 그런 시가 어떤 것인가요?

카옥 카옥 카옥 카옥 카옥 카옥
—왜 있지 않아? '色即是空, 空即是色'이라든가
'가난한 사람들아 너희는 행복하다.
지금 우는 사람들아 너희는 행복하다'라든가!

까옥 까옥
——그것은 경經 중의 경經이 아니옵니까?

카옥 카옥 카옥 카옥
—시와 경은 불일불이不一不二. 시와 자비도!

까옥
카옥

서울 까마귀는 더 이상 말문을 찾지 못하고 물러났다.

밭을 일군다.　2
씨를 뿌린다.
원혼과 선령들의 귀기마저
불살라 버리고 난
이 크낙한 새 밭에
세기의 아침을 맞아
새로 모실 이는
오직 자주와 근로와 화락의 삼위일체다.

밭日記

밭日記

1
밭에서 싹이 난다
밭에서 잎이 돋는다
밭에서 꽃이 핀다
밭에서 열매가 맺는다.

밭에서 우리는
심부름만 한다.

2
농부가 소를 몰아
밭을 간다.

막혔던 땅의
숨구멍이 터진다.

얼어붙었던
가슴이 열린다.

봄 하늘이
손에 잡힐 듯하다.

소와 농부가 함께
쳐다본다.

구름이 북으로
흘러간다.

엄매 …

가시도 덩굴도
헤치며
갈아 나간다.

　3
서릿발 과질이 서걱거리는 보리밭을
초례醮禮의 3일을 치른 내외가
서로 얼굴을 돌리고 엿보며
밟아 나간다.

움푹 패고 꺼진 두덩엔 흙을 넣어 가며
부풀고 들뜨고 흥겨운 마음을 다지듯
차곡차곡 밟아 나간다.

동녘에는 쏟아지는 햇발이 부서져 튀고
남녘에는 나일론 망사 같은 아지랭이
서향 고목 가지엔 물동이를 인
빨강 노랑 저고리가 꽃피고 있고
북쪽 마을 노리깨한 볏지붕 굴뚝에선
아침 향연香煙이 일제히 오르고 있다.

눈앞에는 하루살이 떼들이
온실 속 먼지처럼 가물거리고
새들은 호들갑을 떨고 날며 지저귄다.

어디선가 햇닭 똥내음 같은
풋내가 풍겨 오는데
해토解土의 아침,
세상은 온통 염미艶美를 발산한다.

　　4
개똥이네 할아버지가
개똥밭에
똥을 한 삼태기
주워다 쏟는다.

수수전 같은 소똥,
국화만두 같은 말똥,
조개탄 같은 돼지똥,
생굴 같은 닭똥,
검정콩 토끼똥,
분꽃씨 쥐똥,
염소똥, 당나귀똥, 여우똥,
똥이란 똥이
온 밭에 널려 있다.

개똥이가 생선 밸 같은
코를 훌쩍이며
쭐레쭐레 나와
보리밥풀이 말라붙은
잿빛 가랭이 바지를 짝 벌리고
진달래꽃빛 엉덩이를 훌쩍 까고선
끙끙 안간힘을 쓰며 똥을 눈다.

누렁이도 쫄래쫄래 쫓아나와
똥누룽지와 똥부스럼딱지가
다닥다닥 붙은 밭고랑을
반지르한 코를 쿵쿵대고 다니면서

찔끔찔끔 진오줌을 싸고
뿌지직 뿌지직 된똥을 깔기고선
이번엔 꼬리를 치며 달려와
개똥이 엉덩짝을 핥으려 든다.

개똥이는 똥구멍을 하늘로 지켜 올리고
똥통에 빠졌다 나와 뻗어 있는
성에 낀 막대기를 주워서
가랭이 밑으로 휘휘 흔들며
이 개, 이 개, 몰아 쫓는다.

그리고 늘어진 고개를 들어서 젖히곤
북쪽 하늘 울타리에 아직도 걸린
푸른 스무날 달을 바라다보다
지난해 여름, 그 꿀맛 같던
개똥참외를 머리에 그리고
천둥배탈이 나서 벼락설사를 하던
그 지랄 같던 추억에 이르러서는
설레설레 고개를 좌우로 흔든다.

이번 참엔 한 개, 두 개, 세 개,
요렇게만 먹어야지 ! 중얼대며

막대 쥔 손으로 왼손가락을 눌러 가더니
야금야금 두 손가락을 모조리 꼽고 만다.

마주 보이는 뒷산
함성을 지르듯 활짝 핀 개살구나무 !
가지에서 가지로 오르내리는
까치 한 마리가
흰 버러지 같은 똥을 삘삘 싸며
혼자 재밌어 캑캑거린다.

　　7
보리밭 옆구리
수양버들 나무가
강에다 머리를 감는다.

햇발이 물밑에서
금모래로 아른거리며
머뭇거리고 흐른다.

땅 속에서 갓 나온
청개구리들모양 엎드려
마을 새댁과 처녀들이

봄 빨래가 한창이다.

철석 철석,
딱딱, 쭈룩, 쭈룩,
마치 흰 떡을 치고
주무르듯 하며

쨱 쨱, 종알 종알,
캬들 캬들, 캑 캑,
힝힝, 해해들이다.

말띠 딸을 낳고 시아버지에게
눈치가 뵈던 애기,
극성맞은 시어머니 애기,
시큰둥스러운 학생 올케의 애기,
휴가 왔다 간 남편 애기,
○○黨 망나니 애기,

아롱진 저 정경 속엔
청상과수의 수틀처럼
아직도 서러운 사정들이
얼룩져 있다.

8

산허리 무밭 가
춘곤春困에 조는 늙은 바위에
쉬파리 한 마리 놀고 있다.

영嶺으로 오르는 산길 풀섶에
묵은 냄비 뚜껑만한 쇠똥엘
뻔질나게 드나들면서
바위의 응달진 허리에도 붙어 보고
햇볕에 단 이마에도 앉아 보고
움푹 파인 숫구멍에 괸
빗물에 촉촉히 젖어도 보고

손발을 살살 빌어도 보고
눈꼽 같은 찌를 깔겨도 보고
서캐 같은 알을 슬어도 보고

이번엔 무밭 한가운데 홍일점 끼어든
봄 국화 꽃술에 날아가 앉아서
영사막映寫幕에 홀린 소년처럼
지평선地平線까지 평면으로 전개된
들과 길과 강을 내려다보는데

세상은 일시에 모두 정지되어
푸른 송장이 된 것같이
숨소리도 없는 이 순간,
기아飢餓와 멸시와 살육에서 해방된 순간
저주와 모반謀叛도 없는 이 순간,

너, 쉬파리 똥파리
어쩐지 이 고요가
서러운 공포가 되며
산울림하게 왕왕, 울어 보누나.

   19
바삭바삭
발자취 소리
제 그림자에
멈칫, 멈칫,

으응, 바위와 이쁜이 !

… 저것들이

젊은 보리들이

깔렸다 일어나며
울상, 웃을상,

구름 뒤에 숨었던 달이
외짝 눈을 살짝,

조것이 !

어느 나라 황후폐하
사진을 오려가지고

변소에 들던
중학생 시절 !

그런 모독의 정열에
밭, 나도 몸을 튼다.

　20
우수를 넘기고 스무날
49일 만에 비가 내렸다.

비래야 겨우 12밀리미터

그것도 야반夜半에 그치고 말았지만
들이란 들의 숨넘어가던 보리들이
모두 생기를 얻고 봄바람에 간들거린다.

뚝섬 비닐 천막 속의
물외나 토마토도
꽃을 맺을 거고

안양 포도밭도
얼고 말랐던
사지를 펼거고

강원도 싸리버섯,
제주도의 표고도
습기를 받아 자라고

경상도 남지땅
봄 배추와 개비지 밭들도
알지 못할 염병에서 풀려나고

황해도 황주
함경도 안변

능금밭들도
전지^{剪枝}를 시작하고
삼수갑산 화전민들도
감자 종자를 고를 거고

충청도 각처 양잠곳에선
뽕나무 눈이 트기 시작해
죄었던 가슴들을 내려 쓸 것이나

호남 김제벌에선
이리 비가 건숭 와서야
봄 손질에 일만 설친다고
하늘을 아직도 나무라는데
관상대의 기상예보가 전해진다.

—일본 열도를 걸쳐 밀려오는 ○○밀리바 저기압과 중국
북부 지방으로부터 밀려오는 ○○밀리바 저기압이 깊은 골을
이루면서 합쳐져 오늘 오후부터는 전 한반도에 비가 다시 내
리기 시작하여 앞으로 2,3일 계속될 것이다.

   21
장근 보름을 넘겨

스무날 가까이를
장마비가 쏟아진다.

밭 이랑과 고랑은 물로 차서
발치쪽은 사추리까지 물에 잠겨
땅속에 알몸인 감자들도 절벅절벅이다.
무쇠 영감님은 구운 곱돌 같은 얼굴이
더욱 푸르족족 질려 가지고
돌돌 말린 베잠방이에 푸대를 접어 쓰고
연일 밭에 나와 물고를 터볼까 하고
네 귀마다 삽질을 해쌓는다.

마침 이웃 참외밭집 아들 똘만이가
고무 비옷에 장화를 신고 삐걱거리며
한 손엔 막대기, 한 손엔 물 젖은 망태기에
개구리 참외 몇 개를 넣어 들고 다가오며
무쇠 영감님께 인사를 건넸다.

　"바우 아버지 예, 거(기)다 고랑을 내봐야 강의 물퍼내기
지 소용없십니더！"

　"그래도 밭이 쪼매 숨이나 돌리구로！"

“올해 우리 차미사 물위(외)로나 팔아야지 딴 도리 없게
됐네요.”

“위(외)는 땅 위에나 살지, 땅 속의 우리 감자는 꼼짝도 없
이 다 썩었제!”

“그저 이래저래 파이(안)될 바엔 이눔으 세상 다 망하구로
장마비 석 달 열흘만 왔뿌리라!”

“뭐라꼬? 아무리 속이 상해 하는 소리래도 그런 말 하믄
못 쓰지, 말이 씨 된다 안카나!”

아니나 다를까
좀 부슬부슬 하던 비가
투덕투덕 뚝딱거리더니
금시 억수같이 퍼붓는다.

참외밭 집 젊은이는 진작 들어가고
무쇠 영감님만이 밭 가장자리에서
죽은 나무같이 서서

“하늘도 노망이시지. 이 말 저 말, 젊은애들 소리마저 다

역하게 들으시고 !"

무슨 축언^{祝言}처럼 중얼거리나
머리악을 쓰는 빗발은 멈추지 않는다.

　　22
되게 애도 말리던 비가
이번엔 지랄같이도
장근 보름을 내리 질척인다.

동구 어귀를 과수원집 달구지가
사과 궤짝을 싣듯이
이것은 너무나도 새것인 크고 작은 관^棺,
다섯 짝을 얹고 나간다.
요령^{搖鈴}도 상주^{喪主}도 없고
돌림 친목계 두 명이
하나는 곡괭이를 메고
하나는 삽을 들고
부대들을 우비로 쓰고
무심히 뒤따른다.

진창 반죽이 된 길바닥에는

굴을 잃어버린 개구리가
가슴에다 얼얼한 새끼를 엎고
발딱 누워서 등으로 땅을 긴다.

"가고 어쩌고 할 것도 없이
내 손으로래도 죽을 몸,
여기서 죽여 줘요"

넋도 옷매무새도 함께 풀어 헤쳐져
매달리듯 하는 노파를 부축해 끌고
비옷 입은 순경과 비닐 우산을 받은 반장이
묵묵히 걸어온다.

"나 여기서 죽여 줘요"

또다시 팔을 잡아채는 바람에
반장은 옆구리에 끼었던
신문지 꾸러미가 떨어진다.
"어허 ! 글쎄 아즈마씨도,
저승도 수속을 밟아야 가제 !"

진창에서 반도 안 탄 놋촛대만을 집어들고

다시 그림자같이 걸음들을 옮긴다.

한 면 톱에는 돌멩이 같은 활자로
'농약으로 일가 5명 절명!
옴 고치려고 외조모가 발라!'
또 한 면에는 주먹 같은 활자로
'검은 대륙에 또 쿠데타!
가나도 시리아에 이어!'

떼죽음같이 내란같이 격전激戰같이
비바람이 퍼붓는다.
대륙이 침전沈澱하듯
신문지가 맥을 잃으며
흙탕에 가라앉는다.

　23
산과 마을과 들이
푸르른 비늘로 뒤덮여
눈부신데

광목처럼 희게 깔린 농로農路 위에
도시에선 약광고에서나 보는

그런 건강한 사내들이
벌써 새벽 논물을 대고
돌아온다.
   *
이쁜이가 점심 함지를
이고 나서면
삽살이도 뒤따른다.

사내들은 막걸리 한 사발과
밥 한 그릇과
단잠 한 숨에
거뜬해져서 논밭에 들면
해오리 한 쌍이
끼익 소리를 내며
하늘로 난다.
   *
저녁 어스름 속에
소를 몰아
지게 지고 돌아온다.

굴뚝 연기와
사립문이 정답다.

태고로부터
산과 마을과 들이
제자리에 있듯이

나라의 진저리 나는
북새통에도
이 원경原景에만은
안정이 있다.

24
목판木板이 깔린 꽃밭에

봉선화
코스모스
채송화
맨드라미
나팔꽃
백일홍
백합
장미
국화
모란

부용
양귀비꽃 들이

엷은 초록색 드레스를 걸치고
원무곡圓舞曲에 맞춰서 돌아간다.

배경엔 꽃숲 산과
논밭으로 짜진 푸른 들판과
흰 길과 남빛 띠 강이 흐르고

차츰 음악이 자진가락으로 바뀌면
꽃들은 서로가 서로의 손을
잡았다 놓았다 하면서
크고 작은 원圓을 짓는다.

이때 무대 양편으로부터
월계관 같은 수염을 머리에 달고
천사의 날개를 펼친 나비 한 쌍이
나불나불거리며 달려 나와서
꽃의 굴레 속을 들락날락하며
너울너울 춤을 춘다.

암나비는 꽃들이 허리를 기울일 때마다
그 머리 위 꽃술에다 입술을 갖다 대고
수나비는 숫제 입술을 갖다 부빌 양이면
꽃들은 살래살래 고개를 흔들곤 하면서
꽃밭은 노래와 춤이 무르녹아 있는데

이번엔 꽃숲 한 옆 시꺼먼 나목 가지에서
밧줄에 매달리듯 내려오는 거미 한 마리
맨살에다 검은 옷을 찰싹 붙게 입고
양팔을 벌리고 게걸음을 치며 등장한다.

그래도 흥겨워서만 돌아가는 꽃과 나비,

거미는 이 꽃 저 꽃 위를
그림자처럼 따라 돌아가다가
마침내 꽃울타리를 빠져 나오는 암나비에게
오색 테이프를 던져 휘휘 감고는
울려오는 영웅곡英雄曲에 맞춰서
마루운동을 하는 체조선수처럼
훌쩍훌쩍 펄떡펄떡 뛴다.

꽃들은 일제히 화석이 되어

제자리에 고개를 떨구고 서 버리고
거미줄을 감고서 하늘하늘 떠는
암나비 둘레를 돌아가는 거미와
그 거미의 쾌감에 취한 잔인한 미소!

수나비는 공포에 질려 어쩔 바를 모르며
거미 뒤꽁무니를 비실비실 따르며
머리를 조아리기도 하고
두 손을 모아 빌기도 하는데

처음엔 본체만체하다가
발딱 성이 난 듯 돌아선 거미,
또다시 허리춤에서 독毒의 테이프를 꺼내
투망投網을 치는 포즈를 취하자
숫나비는 뒷걸음 도망을 치면서
나가자빠져 네 활개를 뻗는다.

한편 암나비도 기운이 떨어졌는지
오돌오돌 그채로 폴싹 주저앉더니
앞으로 푹 꼬꾸라져서 등만 팔딱이다가
이내, 그 숨결마저도 멈춰 버린다.

사방이 고요하고 어둑해지며
칼날을 가는 듯한 음향과
불길한 야조夜鳥의 울음소리만이
간간이 엇갈리는 속에

거미는 그 탐욕의 눈알을 휘번득이며
칼춤을 미친 듯 추다가는
암나비의 팔과 다리를
하나씩 들어올려도 보고
요리조리 냄새도 맡아 보고
어디서부터 먹을까 재보다가는
머리 쪽을 두 손으로 쳐들어선
큰 입을 벌려 물어뜯으려 든다.

마침 이때다.
아득한 꽃숲으로부터 흰 길로 나서
조명을 받으며 다가오는 집게벌레,
머리에 뿔가위를 달고 갑옷을 걸치고
두어 번 꾸불텅꾸불텅 재주를 넘고서
현장에 나타나 한 번 휘 훑어보고는
모든 사정을 대번에 다 알았다는 듯
우선 두 뿔로 거미를 밀어내고는

한 팔로 암나비 가슴에 손을 대보고
바삐 뿔가위로 휘감긴 오색 거미줄을
싹둑싹둑 잘라낸다.

그러나 한 발 물러났던 거미는
나비의 발치로 돌아 한 발을 쳐들어
또다시 입을 벌려 물어뜯으려 하자
이를 본 집게벌레는 헐레벌떡 쫓아와
두 뿔에 힘을 주어 거미를 쫓고
이번엔 거미가 팔 쪽으로 가 서면
집게벌레는 또다시 헐레벌떡 쫓아가고
이렇게 거미와 집게벌레의 추격전이
한참 동안이나 숨막히게 벌어졌었는데
끝내는 거미가 그곳에서 도망을 쳐
도로 고목을 타고 올라가 숨는다.

그제서야 다시 암나비에게로
황황히 다가온 집게벌레
싹둑싹둑, 타닥타닥,
온몸의 거미줄을 잘라내고
암나비를 들어 안아 일으키면
암나비는 눈을 뜨며 비틀비틀 일어서

날개를 하나씩 쳐보며 춤추기 시작한다.

한 편에 기절해 쓰러졌던 수나비도
눈을 부비고 일어나 쏜살같이 달려와
암나비를 껴안고 볼을 부빌 때
고개를 움츠리고 땅에 붙어섰던
꽃들이 하늘하늘 몰려와 이를 옹위하면

기쁨의 우뢰 같은 합창과
춤이 미칠 듯 어울려서
그 신명이 절정인데 …

집게벌레 녀석 꾸불텅꾸불텅
등허리를 질쑥대 곱사춤을 추면서
입을 헤 벌리고 숲길로 든다.

25

주저앉을 듯한 잿빛 하늘에
구름이 시커멓게 뒤틀렸다.
땅도 먹물을 토할 듯 울상이고
파도같이 밀려선 밀밭은
뿌연 빛들이 엇갈려

더욱 절망을 자아낸다.

‘금시 천둥, 비가 올 듯한 하늘 아래
한없이 넓게 펼쳐진 밀밭
나는 마음껏 내 슬픔이나 고독을
거기다 표현하려고 하였다’*
     *
1890년 7월 27일 일요일, 오웰*

찢어질 듯 맑게 갠 하늘이다.
밀밭은 눈부신 햇발에
얼굴을 못 든다.
찌는 듯한 공기와 기진맥진한 정숙!
벌레의 울음마저 공허하다.
허재비가 미쳐난 것처럼 넋나간 사내가
하루종일 밀밭을 헤맨다.
어느 덧 일모^{日暮}!
‘나는 어쩔 수도 없다!’
탕, 탕, 탕

____

* 모두가 ‘빈센트 반 고호’ 전기에서 취재했다. 그 중 ‘오웰’은 그가 자살
  한 지명.

피를 토하고 태양이 떨어진다.
사내가 쓰러진다.

    *

사닥다리 층계를 올라가면
비스듬한 천정에 창이 달린 다락방,
부연 램프가 혓바닥을 드리우고 있다.

내장內臟이 나온 의자,
금이 가서 아른거리는 거울,
옻칠이 벗어진 화병,
이가 벌어진 마루와 헐어 떨어진 벽,
월일月日이 안 맞는 '캘린더'

낡은 철침대 위에서
땟국이 낀 이불을 쓰고
28시간이나 신음하던 사내는
29일 오전 1시 !
마침내 숨을 거뒀다.

망자亡者의 동생은 시신의 가슴에서
유서 한 통을 발견한다.
'이제 나는 그림에 대하여

목숨을 걸었고
나의 이성은 그 때문에 부서져 버렸다'
　　*
상여도 없는 관이
밀밭을 지나간다
마을 언덕엔 영구靈柩도 빌려주지 않은
교회의 십자가 지붕이 보인다.

또다시 밀밭이 나선다.
얼마쯤 가서 공동묘지에 다다른다.
맨 구석 돌담 아래
무덤 둘이 나란히 있다.

왼편에는
'여기 잠들다
VINCENT VAN GOGH
1853~1890'
바른편에는
'여기 잠들다.
TEOTOR VAN GOGH
1858~1891'

묘석墓石 위엔
생전, 그의 가슴을 불붙이던
해바라기 몇 송이가 놓여 있고
그가 자신을 팽개치듯 사랑한 밀밭이
사방으로 뻗쳐 있다.

26
희랍 신화의 혀 안 돌아가는
남녀신男女神의 이름을
죽죽 따로 외는 이들이

백결百結선생이나 수로부인水路夫人,
서산대사나 사임당을 모르듯이

클레오파트라, 로미오와 쥴리엣
마릴린 몬로, BB의 사랑이나
브로드웨이, 헐리우드의 치정痴情엔
훤한 아가씨들이

저의 집 식모살이
고달픈 사정도 모르듯이

튤립, 칸나, 글라디올러스,
시크라멘, 히아신스는
낯색을 고쳐 반기면서

우리는 넘보아도
삼생三生에 무관한 듯
이름마저도 모른다.

그 왜, 시골 그대들의 어버이들이
전해가지고 붙여 오던
바우, 돌쇠, 똘만이,
개똥이, 쇠똥이, 억쇠,
칠성이, 곰, 만수,
이쁜이, 곱단이, 떡발이,
삐뚤이, 순이, 달,
서분이, 꽃분이,
이런 정답고 구수한 이름들 함께
우리 이름도 한 번 들어보겠는가.

민들레, 냉이, 달래, 비듬,
떡쑥, 토끼풀, 할미꽃,
범부채, 초롱꽃, 쐐기풀,

이런 것이야 누구나 알지만

홀아비꽃대, 염주괴불주머니, 광대수염,
개부랄꽃, 벼룩이자리, 개구리밥,
도깨비쇠고삐, 퉁퉁마디, 무아재비,
며느리배꼽, 개미탑, 큰달맞이꽃,
처녀이끼, 도둑놈갈구리, 도깨비바늘,
거지덩굴, 애기똥풀, 미치광이,
이렇듯 재미있고 천연스런
이름들을 들어 보기나 했는가?

땅 속 줄기에다
홀아비 사추리의 무성한 것 같은
꽃수술을 달았으니
홀아비꽃대요,
퉁겨운 줄기에
꽃주머니가 양쪽으로 달렸으니
염주괴불주머니요,

홍자색 입술 꽃부리로
아래턱이 세 갈래진 데다
두 장의 수염 같은 수술꽃이 달렸기에

광대수염이요,

온몸에 짧은 털이 나고
잎은 뭉툭한 톱니를 가진 데다
불그레한 두 장의 꽃이
마치 덜렁덜렁 달린 무엇 같기에
개부랄이요,

잎은 둥근알 꼴
온몸엔 가는 털이 끼어서
벼룩이가 붙은 꽃 같기에
벼룩이자리요,

겨울 연못에도
눈을 맞으며 떠 있기에
개구리밥이요,

덩이 줄기에다
길이 1미터나 되는 큰 잎이
광택을 내고 있어 '그로테스크'하기에
도깨비쇠고삐요,

바닷가에
큰 마디가 줄기마다 달린
퉁퉁마디,

역시 바닷가에 살지만
굵은 무 같은데
거기다 수염이 달려
무아재비,

고운 여인 알몸의
꽃속이 피어서
며느리배꼽,

이삭꽃이
불개미떼가 붙은 것같이
황갈색으로 피기 때문에
개미탑,

큰달맞이꽃은
온몸에 부드러운 융털이 있고
여름밤에 노랑꽃이
크게 피어 어울리며

처녀이끼는
제주도 나무와 바위에
실꼴絲形로 흐느적거리고
잎과 홀씨주머니가 알을 품은 것 같다.

이름마저 흉측한 도둑놈갈구리는
부스스한 열매가 한 번 옷에 붙으면
떨어질 줄 모르고

도깨비바늘도 역시
바늘 같은 열매가 달라붙으며

거지덩굴은
더러운 손자국, 발자국처럼 지저분하고

애기똥풀은
노란 진물이 나오고

미치광이는
흙탕 같은 온몸에 잎과 꽃이
어둡고 어지럽기 때문이다.

이외에도 며느리밑씻개, 참소리쟁이,
갓버섯, 벌레잡기, 오랑캐, 끈끈이주걱,
팔손이나무 등
우리 친구들 이름과 그들의 특징을
주워 섬기자면 한이 없다.

옛부터 일러 오기를
하늘이 록禄없는 사람을 내지 않고
땅은 이름없는 풀을 싹트지 않는다
하지 않았는가!

사람들이 사람 위에 사람 없고
사람 아래 사람 없다고 부르짖으면서
길섶이나 밭두렁이나 산비탈에
어느 누구의 신세도 안 빌리고
자연으로 싹터서 자연의 구실을 하다
자연히 스러지는 우리들의 본명本命!

그대 시인이란 것들마저
함부로 잡초라 부르고
소외하는가!

36
초생달 꽃밭에는
옛 얼굴들이 산다.

봉선화 꽃술에서 내민 얼굴은
혼례를 치른 지 사흘 만에
북간도로 떠나던 외사촌 누나,
색[色]골무타래를 쥐여 주고선
목쉰 기적[汽笛]과 함께 떠나간 누나,
다홍으로 얼룩진 50년 전 그 얼굴이
소롯이 내다보고 있다.

코스모스에선 교리반 수녀의 얼굴!
악네스이던가 누시아던가
검은 고깔에 흰 수건으로 감싼 보얀 얼굴에
푸른 눈을 반짝이던
죄그만 내 가슴의 그리움이던
하늘하늘 키가 큰 서양 수녀가
빙그레 내다보고 있다.

국화에서 내다보는
얼굴은 그 누구일까?

이북, 산소도 알 길 없는
어머님 시신의 얼굴 같기도 하고
거기 두고 온 처제의
상냥한 얼굴 같기도 하고
어쩌면 며느리 될 애의 얼굴 같기도 한데

초생달이 먹구름 뒤로 숨자
이제 꽃밭은 현기眩氣 같기도 하고
무서움 같기도 하여
으스스 한기가 든다.

원, 몸살이 나려는가?

42
은싸라기 뿌린 아침 밭에
이 또한 머리에 흰 서리를 인
사나이가 우두커니 서 있다.

기름진 나날과
달디단 꿈을 엮고 나선 게 아니라
괴롭고 긴 밤을
몹시 시달리고 난 모습이다.

겹치는 재변災變에다
일손마저 굼떴던지
추수를 못한 이 밭은
빈 나락과 마른 풀만이 엉켜 뒹굴고
때아닌 곳에 푸성귀 몇 포기
그의 철모르는 자식들처럼
한 구석 푸르게 자라고 있다.

금은金銀의 햇발을 받아
얼어붙었던 대지가
사내의 가슴처럼
한 서린 입김을 내뿜는데

초동初冬의 매몰스런 바람 한 오라기
밭머리 고목 가지의
마지막 잎새를 흔들고 지나가며
사내의 눈에다
찬이슬을 맺혀 놓았다.

49

내 가슴 동토凍土 위에
시베리아 찬바람이 살을 에인다.

말라빠져 엉켜 뒹구는 잡초의 밭
쓰레기 구덩이엔
입 벌린 깡통, 밑 나간 레이션 박스,
찢어진 성조지星條紙, 목 떨어진 유리병,
또 한 구석엔 총 맞은 삽살개 시체,
전차의 이빨자국이 난 밭고랑엔
말라뻐드러진 고양이의 잔해殘骸,

저기 비닐 온상 같은 천막 앞
피묻은 바짓가랑이가 걸린
철망 안을 오가며
양키 병정이 휙휙 휘파람을 불면
김치움 같은 땅 속에서
노랗고 빨갛고 파란
원색의 스카프를 걸친 계집애들이
청개구리들처럼 고개를 내민다.

하늘이 갑자기
입에 시꺼먼 거품을 물고
갈가마귀 떼들이 후닥닥 날아
찌푸린 산을 넘는데

나의 잔등의 미칠 듯한 이 개선(疥癬)—
나의 가슴을 치밀어오르는 이 구토—
어느 누구를 향한 것이냐?

　51
1·4후퇴, 체인도 안 단 트럭이
오르다간 미끄러지고
오르다간 미끄러지는 고갯마루서
그 운전대 옆에 타고 앉아
차라리 조바심을 지우려고

멀리 내려다본 골짝에
흰 눈에 떨어진 검정 보자기처럼
보이던 그 밭,

가족들을 데리고 복귀하는 길
만발한 철쭉꽃에 싸여서
버짐 먹은 아이의 대가리처럼
부옇게 패어 있던 그 밭,

형무소에서 나와
시골 집으로 가면서 기웃해 본

강냉이 이삭이 우수수 우수수
몰려 서 있던 그 밭,

김천, 대구 사이 신동^{新洞}고개 골짜기
나환자들의 피고름과 눈물이
얼룩져 있는 그 밭,

이국병상^{異國病床}* 수술대 위에서
마지막 보이던 고토^{故土}.

그 산뙈기 밭 !

　52
날이면 날마다
너를 마주하고 있다.

너는 개었다, 흐렸다
보슬보슬, 부슬부슬,
주룩주룩, 좍 좍,
우당탕 뚱탕, 탁, 딱,

---

* 나는 1965년 일본서 두 차례의 폐수술을 받았다.

오만상을 하지만

나는 갑갑도 참고 짜증도 참고
설움도 참고, 기쁨도 참고
가려움도 참고,
저 삶의 아비규환도, 허막(虛漠)의 파도소리도
못 들은 체하고

그저 너의 풀지 **못할** 그 속을 우러르며
너무나 보아서 생판 남 같기만 한
그러나 그대 향하여 내 안에 핀
말도 못할 사랑을 품고
은행(銀杏)처럼 마주하고 있다.

53

대밭에는
무엇이 들어 앉았는가?

천년 묵은 이무기 양주가
의좋게 방석을 틀고
마주 앉았는가?
머리 푼 원혼(寃魂)이

입술에 피를 묻히고
흐트러진 매무새를
고치며 있는가?

돌미륵이 발이 저려서
가끔 자리를 바꾸며
서성대고 있는가?

바삭 바삭
버석 버석

쑥!

아니, 엉금엉금 두꺼비
네가 그 큰 눈망울을 굴리며
온 잔등을 긁고 있었구나.

   55
색동 저고리에 남치마
붉은 댕기를 치렁거리는
처녀가 꽃바구니를 들고

노랑 저고리 다홍 치마에
앞치마를 살짝 두른
옥비녀의 새댁이 꽃양푼을 들고

흰 저고리에 회색 치마
조바위를 곱게 쓴 아주머니가
색色광주리를 들고

노고지리 들판에
봄나물을 캐고 있다.

푸른 구름과 같은 소나무와
잔꽃들이 깔린 언덕으로
비단 남조끼를 입은 동자가
살찐 암소를 타고
퉁소를 불며 가까이 오고

논과 밭으로 아득히 짜여진 들 멀리
이화李花, 도화桃花가 활짝 핀 꽃숲 밑
비단조개의 지붕들이 보인다.

아마 이런 날 제비는

박씨를 물고 와
홍부를 불러냈을 것이다.

     *****

솜이 비죽이 나온 흰 저고리에
잿물을 들인 **몸뻬***를 걸치고
땟국의 수건을 쓴 노파가
삭은 싸리바구니를 들고

병정 작업복 바지에
헌 양복 웃저고리를 걸친 젊은댁이
찌그러진 **쇠남비**를 들고

구호품 스웨터에다 짤룩한 홑치마
그 아래 줄무늬 속옷을 걸친
흐트러진 머리의 처녀가
이 빠진 쪽박을 들고

갈가마귀떼 날으는 들판을
철 이른 봄나물을 캐려고 헤매고 있다.

---

* 일본 여자들의 옛 일옷.

버짐이 먹은 듯 허옇게 타는 논
비듬이 일 듯 먼지만 나는 밭
썩은 초가지붕 뒷산엔
껍질이 벗겨진 소나무

무덤 같은 산 언덕으로
아침에 나물죽을 흘리고
학교선 점심도 거르고
휘청이며 돌아오는 소년의
비닐 책보만이 덜렁인다.
　　＊
젖빛 물이 괸 논과
푸른 불길을 뿜는 밭과
과수果樹가 늘어선 저 언덕
청홍색 지붕이 늘어선 마을에서
베폭처럼 깔린 농로 위에
젊은 부부를 태운 경운기가
신나게 달려온다.

함성같이 꽃이 핀 뒷동산과
노고지리 휘날으는 들판은
수틀 같은 정경으로 아롱져서

이제 보릿고개는 전설이 되고
사람과 자연은 원색原色을 되찾았다.

　56
태양의 용광로가 엎질러 쏟아지는
밀림 속에다
김치돌만한 부시로
두꺼비손을 깨면서
생불을 지른다.

충천하는 불길 !
삽시에 정글은 불바다다.
로스케나 양키같이
하늘로 치솟은 거목들과
기름가마에 절은 호인胡人녀석의
아름드리 고목들과
지난 세월 광기의 의미도 모르는 채
남북의 군사가 집총執銃을 하듯
빽빽이 늘어선 잡목들과
현실의 증오와 적개심으로
가시 돋친 덤불과
역사의 악순환으로 엉키고 설킨

인업^{因業}의 칡덩굴들과
모든 권력의 숲과
모든 조직의 뿌리까지
그저 이 세기의 사각일대^{死角 一帶}가
뇌성벽력을 내며
포탄소리를 내며
송두리째 뒤집히며 불타오른다.

이 무주공산^{無主空山}을 지배하여
제 혼자만의 세상처럼 으르렁대던
호랑이 표범 같은 맹수들도
꽁지에 불을 달고 줄도망을 치며
진창 제 배만을 불리던
곰, 너구리, 멧돼지 족속들은
참호^{塹壕} 같은 불구덩이에 통째로 빠지고
뱀, 여우, 늑대, 살쾡이같이
간사한 무리들은
마지막 순간까지 눈을 해번득이면서
살 구멍을 찾아 요리 뛰고 저리 뛰고
올빼미, 박쥐 같은 날도둑들과
정보망을 드린 거미들,
옴두꺼비, 땅두더쥐, 쥐새끼 같은

첩자와 정탐꾼들,
요쪽 저쪽 붙어먹던 무리들,
세상 제멋대로 지껄여대던
소음의 새떼들 둥주리까지
아니, 더러는 무죄無罪한 청개구리마저
탄다.
뻐드러진다.
질식의 매연 속을 뛰며
곤두박질하며 뒹군다.
신음하고 포효하고 비명을 지른다.
낭자狼藉한 피마저 타들어 간다.
지글지글 타들어 간다.

넘실거리는 불길의 파도!
타오르는 불길의 산악 속에서
이 강토와 겨레의
모든 주박呪縛이 스러지고
모든 속박이 풀린다.
오오 타라, 타오르라.
한 달도 석 달도 타오르라.

그리고 모든 것이 연기와 재로 사라진 뒤,

피비린내 나는 음산(陰散)마저 가시고 난 뒤,
화장장(火葬場)의 고요와 산모의 해방감 속에서
출현하는 신영토!
상흔을 아물리는 새 살처럼
강단(强斷)된 남북을 합쳐 놓은 원아(原野)!

거기 노아의 방주에서 갓 나온 듯한
사내와 계집들이
패랭이 고깔을 쓰고
징을 울리고 북을 두드리며
피리를 불고 꽹과리를 치며
나아간다.
땅을 판다.
밭을 일군다.
씨를 뿌린다.
원혼과 선령들의 귀기(鬼氣)마저
불살라 버리고 난
이 크낙한 새 밭에
세기의 아침을 맞아
새로 모실 이는
오직 자주와 근로와 화락의 삼위일체다.

―――――――――
* 이 밭은 어느 화전민의 꿈이다.

나는 이제 나의 모습을 잃어서
나라고 불리울 내가 없고
시작도 끝도 안 보이는 이 강이
바로 나다.

3

그리스도 폴의 江

그리스도 폴의 江

1

아침 강에
안개가
자욱 끼어 있다.

피안彼岸을 저어가듯
태백太白의 허공 속을
나룻배가 간다.

기슭, 백양목白楊木 가지에
까치가 한 마리
요란을 떨며 날은다.

물 밑의 모래가
여인네의 속살처럼
맑아 온다.

잔 고기떼들이
생래生來의 즐거움으로
노닌다.

황금의 햇살이 부서지며

꿈결의 꽃밭을 이룬다.

나도 이 속에선
밥 먹는 짐승이 아니다.

　2
산들이 검은 장삼을 걸치고
다가앉는다.

기도소祈禱所의 침묵이 흐른다.

초록의 강물결이
능금빛으로 물들었다가
금은으로 수를 놓다가
설원雪原이 되었다가
이 또한 검은 망사를 쓴다.

강 건너 마을은
제단같이
향연이 피어오르고

나루터에서

호롱을 켠 조각배를 타고
외론 영혼이 저어 나간다.

　3
강이 숨을 죽이고 있다.
기름을 부어 놓은
유순柔順이 흐른다.

닦아 놓은 거울 속에
구름 한 점 없는 하늘이
마냥 깊다.

선정禪定에 든 강에서
나도 안으로 환해지며
화평을 얻는다.

　4
바람도 없는 강이
몹시도 설렌다.

고요한 시간에
마음의 밑부리부터가

흔들려 온다.

무상無常도 우리를 울리지만
안온安穩도 이렇듯 역겨운 것인가?

우리가 사는 게
이미 파문이듯이
강은 크고 작은
물살을 짓는다.

   5
강에 바람이 인다.
진갈매빛 물살이
이랑을 지으며
모새 기슭에
파도를 친다.

강도 말 못할 억울을
안으로 지녔는가?
보채듯 지즐대며
사연이 많다.

하늘은 먹구름을 토하고
바람은 포목布木으로 휘감긴다.

창백히 질려 있는 모래톱에서
갈가마귀 떼들이 날아
비안개 낀 산을 넘는다.

　　6
강에 은현銀絃의
비가 내린다.

빗방울은 물에 번지면서
'발레리나'가 무대인사를 하듯
다시 튀어올라 광채를 짓고
저 큰 흐름 속으로
사라지고 만다.

강은 이제 박수소리를 낸다.

　　7
아지랑이가 아물거리는 강에
백금의 빛이 녹아 흐른다.

나룻배가 소년이 탄 소를
싣고 온다.

건너 모래톱에
말뚝만이
홀로 섰다.

낚싯대 끝에
잠자리가 조은다.

멀리 철교 위에서
화통차가
목쉰 소리를 낸다.

풀섶에 갓 오른
청개구리가
물끄러미 바라본다.

   8
5월의 숲에서 솟아난
그 맑은 샘이
여기 이제 연탄빛 강으로 흐른다.

일월^{日月}도 구름도
제 빛을 잃고
신록의 숲과 산은
묵화^{墨畵}의 절벽이다.

암거를 빠져나온
탐욕의 분뇨^{糞尿}들이
거품을 물고 둥둥 뜬 물 위에
기름처럼 번득이는 음란!

우리의 강이 푸른 바다로
흘러들 그날은 언제일까?

연민의 꽃 한 송이
수련^{睡蓮}으로 떠 있다.

  9
붉은 산굽이를 감돌아 흘러오는
강물을 바라보며
어느 소슬한 산정 옹달샘 속에
한 방울의 이슬이 지각을 뚫은
그 순간을 생각는다네.

푸른 들판을 휘돌아 흘러가는
강물을 바라보며
마침내 다다른 망망대해
넘실 파도에 흘러들어
억겁의 시간을 뒤지고 있을
그 모습을 생각는다네.

내 앞을 유연히 흐르는
강물을 바라보며
증화蒸化를 거듭한 윤회의 강이
인업因業의 허물을 벗은 나와
현존으로 이곳에 다시 만날
그날을 생각는다네.

　10

저 산골짜기 이 산골짜기에다
육신의 허물을 벗어
흙 한줌으로 남겨놓고
사자死者들이 여기 흐른다.

그래서 강은 뭇 인간의
갈원渴願과 오열嗚咽을 안으로 안고

흐른다.

나도 머지않아 여기를 흘러가며
지금 내 옆에 앉아
낚시를 드리고 있는 이 막내애의
그 아들이나 아니면 그 손주놈의
무심한 눈빛과 마주치겠지?

그리고 어느 날 이 자리에서
또다시 내가 찬미讚美만의 모습으로
앉아 있겠지.

    12
숨을 죽이고 흐르고 있다.
숨이 차서 흐르고 있다.

미소를 지으며 흐르고 있다.
우울에 잠겨서 흐르고 있다.

침묵의 데모행렬처럼
소리없이 함성을 지르며
흐르고 있다.

향투^{香頭}가락이 멎은 상여의 행렬처럼
오열을 안으로 삼키며
흐르고 있다.

　16
강은
과거에 이어져 있으면서
과거에 사로잡히지 않는다.

강은
오늘을 살면서
미래를 산다.

강은
헤아릴 수 없는 집합^{集合}이면서
단일^{單一}과 평등을 유지한다.

강은
스스로를 거울같이 비워서
모든 것의 제 모습을 비춘다.

강은

어느 때 어느 곳에서나
가장 낮은 자리를 택한다.

강은
그 어떤 폭력이나 굴욕에도
무저항으로 임하지만
결코 자기를 잃지 않는다.

강은
뭇 생명에게 무조건 베풀고
아예 갚음을 바라지 않는다.

강은
스스로가 스스로를 다스려서
어떤 구속에도 자유롭다.

강은
생성과 소멸을 거듭하면서
무상 속의 영원을 보여준다.

18
눈에 보이는 강의

그 땅 밑으로
또 하나의 깊고 넓은 강이
흐르고 있다.

지층의 망사 같은 눈구멍을
세로 가로 뚫으며
실로 캄캄한 어둠 속을
새벽의 날빛처럼 반짝이며
흐르고 있다.

그 백금의 강에는
동물이나 식물의 화석들과
더러는 인간의 시신들이
범선帆船들처럼 떠 있고

그 죽은 오브제들이
살아서는 안으로만 품었던
꿈과
사랑과
눈물과
원한과
기도가

증기가 되어
자욱히 서려 있다.

표백도 표상表象도 못하는
나의 시심詩心도 이미 함께 —.

　　20
오늘도 신비의 샘인 하루를
구정물로 살았다.

오물과 폐수로 찬 나의 암거暗渠 속에서
그 청렬淸冽한 수정水精들은
거품을 물고 죽어갔다.

진창 반죽이 된 시간의 무덤！
한 가닥 눈물만이 하수구를 빠져 나와
이 또한 연탄빛 강에 합류한다.

일월도 제 빛을 잃고
은총의 꽃을 피운 사물들도
이지러진 모습으로 조응照應한다.

나의 현존과 그 의미가
저 바다에 흘러들어
영원한 푸름을 되찾을
그날은 언제일까?

　　27
강에 눈이 내린다.
내 가슴에 한 가닥 온기만 남기고
가버리는 꿈결 속의 여인처럼
자취도 없이 사라진다.

순수한 아름다움은
이렇듯 단명短命한 것인가?

어떠한 진실을 고하려고
흰 눈은 소리도 없이 내려서
순식간에 물로 변신하는가?

나의 안에서 피고 스러진
억만의 사념들은
어디로 가서 무엇이 되었을까?

멀리서 기항지(寄港地) 잃은
뱃고동이 들린다.

　30
강은 쉼없는 긴장을
안으로 지니고 새겨서
유유하게 보인다.

강은 끊임없는 장애를
안으로 견디고 이겨서
태평하게 보인다.

강은 뭇 생명에게 베풀면서
갚음을 바라지 않아서
무심하게 보인다.

안으로 땀 흘리고
안으로 괴로워하고
안으로 눈물짓는

강…
오직 밖으로는 염화(拈華)의 미소[1]를

지으며 흐른다.

　　35
봄의 어린 햇살이
은어의 퍼덕임처럼 튀는
새벽강에
흰 물새들이 아기 천사들처럼
날은다.

선잠을 깨어
얼굴이 부스스한 산이
물가에 다가서면
잇달아 나온 미루나무 꼭대기에서
까치가 한 마리 해롱댄다.

매화가 함성을 지르듯 핀 마을
노리깨한 볏지붕 굴뚝에선
아침의 향연이 일제히 오르고

보리밭에선 햇닭똥 내음 같은

---

1) 석가께서 법좌에 올라 연꽃 한 송이를 들어 보이시자 迦葉만이 그 뜻을
　깨닫고 미소로 응답하였다고 함.

풋내가 풍겨 오는데

나는 이 유년의 강에다
연탄빛 마음을 헹구며
무지개빛 꿈들을 건져올린다.

　36
내가 이 강에다
종이배처럼 띄워 보내는
이 그리움과 염원은
그 어디서고 만날 것이다.
그 어느 때고 이루어질 것이다.

저 망망한 바다 한복판일는지
저 허허한 하늘 속일는지
다시 이 지구로 돌아와 섰는지
그 신령한 조화 속이사 알 바 없으나

생명의 영원한 동산 속의
불변하는 한 모습이 되어

내가 이 강에다

종이배처럼 띄워 보내는
이 그리움과 염원은
그 어디서고 만날 것이다.
그 어느 때고 이루어질 것이다.

   38
팔당과 양평[2] 사이
후미진 강 기슭 빈 조각뱃전에
한 켠엔 내가 앉고
한 켠엔 노처老妻가 앉아
바람도 없이 출렁이는 강물을 바라보며
저마다의 생각에 잠겨 있다.

지금 내 머리에 떠오르는 것은
바로 그제 백만의 신도가 모인 여의도
그 찬란한 가설제단에 앉으셨던
교황 요한 바오로 2세와
몇 달 전 여성잡지에서 뵈온
가야산 바위 위에 앉으신 성철性徹 종정과의
두 모습,

---

[2] 경기도 한강 상류 지명.

한 분은 인파의 그 환성 속에 계시고
한 분은 자연의 그 적막 속에 계시나
두 모습 그대로가 진실임을 의심할 바 없거늘
과연 이 대조는 무엇을 뜻함인가?

한 분이 행하시는 인위人爲의 극진極盡 속에도
한 분이 행하시는 무위無爲의 극치極致 속에도
신비가 감돌기는 매한가지어늘
과연 이 부동不同은 무엇을 말함인가?

저 두 분의 모습이 다 함께
진리의 체현體現임에 다를 바 없으니
유무상통有無相通의 소식이란 바로
이런 것이었구나!
정동일여靜動一如의 소식이란 바로
이런 것이었구나!

저녁노을과 함께 숨을 죽이듯
잔잔해진 강물을 바라보며
노부부는 하염없는 생각에 잠겨
일어설 줄을 모른다.

41

나는 이제 한 방울의 물이 되어
강에 합류한다.

나는 이제 목숨의 끈으로 삼던
꿈에서 벗어나고
나는 이제 삶의 연모로 삼던
현실에서 벗어나서

이제 나는 시간에서 풀려나고
이제 나는 나에게서 풀려난다.

나는 이제 나의 모습을 잃어서
나라고 불리울 내가 없고
시작도 끝도 안 보이는 이 강이
바로 나다.

이제 나는 불변하는 질서 속에서
자유롭게 흐르며
뭇 생명들의 생성과 소멸을 함께 한다.

43

가을 강에는
잊혀지지 않는 눈, 눈동자들이
살고 있다.

이북 고향을 탈출하던 그날
행길까지 따라나오셔
나를 바래다 주시던 어머니의
그 애절한 눈,

이승을 떠나시기 하루 전
악지가 세던 이 막내에게
'조금 줄여서 사는 것이 곧
조금 초월해 사는 것이니라'[3]는
채근담菜根譚의 한 구절을 짚어 보이시던
아버지의 그 자애에 찬 눈,

공산당 감옥에서 순교하였을
나의 오직 하나인 신부神父형의
그 어질디어진 껌벅 눈,

---

[3] 減省一分 便 超脫一分

나의 가슴의 첫 그리움이던
'도쿄' 하숙집 거리 카페 에트랑제의
백계^{白系} 러시안의 피가 섞인 유미짱의
흰자위가 많은 보랏빛 눈,

혼례를 치른 지 사흘 만에
색^色골무타래를 어린 나에게 쥐여 주고
북간도로 목쉰 기적과 함께 떠나간
외사촌 누나의 붉어진 실눈,

그리고 교리반 서양 수녀의 눈,
나를 족치던 일본 헌병의 눈,
이중섭^{李仲燮}의 눈,
공초^{空超} 선생의 눈,

잊혀지지 않는 눈, 눈동자들이
헤아릴 수 없게 많이 살고 있다.

44

그렇다! 강, 너와 나는
한 원천^{源泉}에서 태어났고
어쩌면 너는 나보다 아득히 먼저였고

어쩌면 너는 나보다 그 근원에 가깝다.

강, 너와 나는 그 근원 속에
현재도 살고 있으며
영원히 함께 살아갈 것이고,
나는 너로 말미암아 나요
너는 나로 말미암아 너로서
그 근원이 지닌 진·선·미를
서로 성취해 가며 구현한다.

54

강이 흐른다.
땅 위에서 땅 밑에서
하늘 위에서 흐른다.

나는 이제 강 이외에
아무것도 보이지 않고
나는 이제 모든 것이
강으로 보인다.

나의 시계視界 속의 강은
비롯함이 없는 곳에서 흘러오고

마침이 없는 곳으로 흘러가서
이 지구가 소멸된 뒤에도
아니 저 우주가 해체되어도
흐르고 흐를 것이다.

나는 이 강의 한 방울 물이지만
내가 없이는 이 강을 이룰 수 없어
정녕 스러질 수도 없고
정녕 비길 수도 없는
영원한 그 한 모습으로

바로 이렇게
흐르고 있다.

58
봄밤의 여의도
한강

둑을 만들어 막아 놓고
가둬 놓고 갈라 놓은
한강

그 갈라 놓은 강물 위에
보름달이 하나씩 떠 있다.

월인천강月印千江이라더니
바로 저런 것이구나.

이 시각 저 달은
낙동강
섬진강
예성강
금강
소양강
임진강

아니, 저 북녘땅
압록강
두만강
대동강
장진강
성천강에도
두둥실 떠 있겠지!

그리고 그 달을 보는 이마다
제나름의 감회에 젖어 있겠지?

이 밤 나는 인적이 끊인
윤중제(輪中堤)[4] 둑에 홀로 앉아
술잔의 달을 거듭 비운다.

   60
한 방울의 물이 모여서
강이 되니
강은 또한 크낙한
한 방울의 물이다.

그래서 한 방울의 물이 흐려지면
그만큼 강은 흐려지고
한 방울의 물이 맑아지면
그만큼 강이 맑아진다.

우리의 인간세상
한 사람의 죄도
한 사람의 사랑도
저와 같다.

---

[4] 여의도 한강 제방.

나의 노래는 당신의 사랑입니다. **4**
당신의 이름이 내 혀를 닳게 하옵소서.

焦土의 詩

焦土의 詩

1
판잣집 유리딱지에
아이들 얼굴이
불타는 해바라기마냥 걸려 있다.

내리쪼이던 햇발이 눈부시어 돌아선다.
나도 돌아선다.
울상이 된 그림자 나의 뒤를 따른다.

어느 접어든 골목에서 걸음을 멈춘다.
잿더미가 소복한 울타리에
개나리가 망울졌다.

저기 언덕을 내려 달리는
소녀의 미소엔 앞니가 빠져
죄 하나도 없다.

나는 술 취한 듯 홍그러워진다.
그림자 웃으며 앞장을 선다.

2
제 먹탕으로 깜장칠한 문어 한 마리를 무릎에 싸안고서 어르고 있는 광경이라면 모두 웃음보를 터치리라.

그러나 앞자리에 마주 자리잡은 나의 표정은 굳어만 갔다.

'정식아! 볶지 마아, 빠빠에게 가면 까까 많이 사줄께.'

이건 또 너무나도 창백한 아낙네가 정식이라고 이름 붙은 검둥애에게 거의 애소에 가까운 달램이었다.

자정도 넘은 밤차, 희미한 등불 아래 손들의 피곤한 시선은 결코 유쾌한 눈짓이 아니었고 칭얼만 대는 검둥애의 대구리와 울상이 된 그 엄마의 하이얀 이마 위 땀방울이 유난히도 빛나고 있었다.

나는 이 뒤틀어대는 흑백의 모자상을 보다 못해 호주머니를 뒤져 전송 나왔던 친구가 취기 반으로 사주던 해태 캐러멜을 꺼내 까서 녀석에게 넌지시 권해 본다.

아니나다를까, 적중이었다. 녀석은 흑요석黑耀石보다도 더 짙은 눈을 껌벅이며 깜장 손으로 냉큼 잡아채어 입에 넣더니 제법 의젓해지지 않는가.

두 개, 세 개, 네 개, 이제는 아주 나의 무릎으로 슬슬 기어오르며 이것만은 차돌같이 흰 이빨을 드러내어 웃어 반기는 것이다.

여기에 이르르면 안 논다는 재주 없다. 눈물이 글썽하여 연신 미안스러워하는 아낙네에게서 녀석을 아주 받아 안고 동물원에 가서 원숭이 놀리는 그 꼬락서니가 되어 캐러멜과 애새끼와 있는 재주를 다 피워 얼러댄다.

이러는 사이에 어처구니없는 풍경이 되어버렸다. 뜻하지 않은 나의 구조를 넋없이 바라보던 아낙네가 신명身命의 고달 픔이 차고 말았던지 사르르 잠들어 버리고 그렇게 날치던 애 새끼 역시도 이제는 어지간히 흡족했던지 내 품에서 쌕쌕 코 를 고는 것이 아닌가.

꼼짝없이 검둥이 애비 꼴이 된 나는 헤아릴 수 없는 심정 속에서 그채로 눈을 감고 만다.

나의 머리에는 이 녀석의 출생의 비밀이 되었을 지폐 몇 장이 떠오른다.

이 검둥이의 애비가 쓰러져 숨졌을 우리의 어느 산비탈과 어쩌면 그가 살아 자랑스레 차고 갔을 훈장을 생각해 본다.

저 아낙네의 지쳐 내던져진 얼굴에서 오늘의 우리를 느낀 다.

숨결마저 고와진 이 무죄하고 어린 생명을 안고서 그와 인 류의 덧없는 운명에 진저리친다.

차는 그대로 밤을 쏜살같이 뚫어 달리고 손들은 모두 지쳐 곤드라졌는데 이제는 그만 내가 흑백의 부자상父子像이 되어 이 마에 땀방울을 짓는다.

5

비몽사몽간이랄까!

난데없이 팔에다 '弗'이라는 노란 완장을 단 녀석이 나를 가로타고 사지를 꽁꽁 묶기 시작하자 이번엔 '解放'이라는 붉은 완장을 단 녀석이 나타나 숫제 나의 목을 졸라매는 것이 아닌가.

　나는 숨져 가며 허위적대면서도 녀석들의 정체를 알아맞히기에 기를 써 보았으나 노상 익숙히 보아온 얼굴들이건만 요 놈들의 실체가 무엇인지, 나를 압살壓殺하는 이유가 무엇 때문인지 끝내 모르는 채 기절하고 말았다.

　순간! 이것이 아마 유명幽明을 가르는 순간인가 보다. 천공天空엔 성신강림[1]의 불혀 같은 불덩이로 꽉 차 있고 나는 지구와 더불어 개미 쳇바퀴 돌 듯 마구 돌아가고 있었다.

　어지러워, 어지러워, 아이고 어지러워, 어머니, 아내, 또 누구를 부르고 소리치고 울어도 대답은커녕 그 얼굴들마저 영영 떠오르지 않아 안타깝고 답답함이 불가마 속인데,

　홀연, 내 호주머니에 묵주[2]가 매괴玫瑰[3]의 꽃을 피워 아련히

---

[1] 예수가 승천 후 그 제자들에게 불혀 모양의 성령이 내렸다고 함.
[2] 가톨릭의 염주
[3] 장미의 중국식 이름임. 그래서 가톨릭에서는 묵주의 기도를 성모에게 바치는 장미의 꽃다발로 삼아 매괴경이라 부름.

떠오르는 바람에 '성모 어머니 나를, 나를!'하고 소리 안
나는 절규를 발한 다음 순간,

어느 영화의 한 장면에선가, 실락원의 그림에선가 본 그런
꽃동산 정자에서 나는 모시고이적삼 차림으로 출옥出獄한 사람
처럼 흥분과 휴식을 즐기는데
쾅, 쾅!
포탄 터지는 소리에 눈을 뜨면 '칸델라' 불빛 막사 안 철의
자에 앉은 그대로구나.

6
제1경
행길 위에 머슴애들이 우 몰려가 수상한 차림의 여인 하나
를 에워싼다. 돌팔매를 하는 놈, 쇠똥, 말똥을 꿰매달아 막
대질을 하는 놈.
"양갈보" "양갈 – 보" "양가 – ㄹ보"
더럽혀진 모성을 향하여 이들은 저희의 율법으로 다스리려
는 것이다.
'내가 늬들 에미란 말이냐, 양갈보면 어때? 어때!'
거품까지 물어 발악하는 여인을 지나치던 미군 짚이 싣고
바람같이 흘러간다. 아우성만 남고.

제2경

짙게 양장한 여인이 지나간다. 꼬마들은 눈을 꿈벅꿈벅한
다.

한 녀석이 살살 뒤를 밟아 여인의 뒷잔등에다

'一金 三千圓也'라는 꼬리표를 재치있게 달아 붙인다.

"와하" "와하하" "와하하하"

자신들의 항거로서는 어쩔 수 없음을 깨달은 꼬마들이 자
학을 겹친 모멸의 홍소(哄笑)를 터뜨린다.

여인은 신 뒤축을 살펴보기도 하고 걸음새를 고쳐 보기도
한다.

그러나 그녀가 사라지기까지

"와하" "와하하" "와하하하"는 그치지 않는다.

제3경

이러한 짓궂은 장난도 얼마 안 가 뜸하여지고 판자막(板子幕)
어두컴컴한 골목길에는 군데군데 꼬마들이 누구를 기다리고
서 있다.

흑백의 모주 병정들이 어른거릴 양이면 그 고사리 같은 손
으로 억센 팔들을 잡아 끄는 것이다.

"헬로 OK" "마담, 나이스" "나이스 OK"

지폐맛을 본 꼬마들은 이 참혹한 현실을 그들대로 활용하

게끔 되었다.

8

시인은 어깨나 재듯이 친구 하나를 끌고 호기 있게 들어선
다.

창녀는 반갑고도 사뭇 미안스러워 어쩔 바를 모른다.

방에 들어 흘깃하면 송松·학鶴 수틀 아래 합장한 아기 예수
의 흰 석고상이 매달려 있다.

시인은 올 적마다 쓰디쓴 웃음을 풍기며

—이건 네 아이 얼굴인가?

퉁겨 묻고는

—너도 막달레나가 되려나?

혼자 중얼거린다.

진로 한 병과 '마른 오징어' 한 마리가 상 위에 얹혀 들어
온다.

겹친 술을 한두 잔 켜고 나서는 이제 남은 흥정을 붙여야
했다.

—이 친구 색시 하나 똑 딴 것으로 데려와!

—아주 마음 좋은 사모님으로 말이야!

—빨랑빨랑, 졸려!

호통에 못 이겨 부시시 일어나 나간 창녀는 잠시 후 방문
을 빼꼼히 열고는 눈짓으로 시인을 불러내 간다.

─저, 저어, 저 손님 다리 하나 없으시죠 ?
─그래, 왜 그래 ? 상이용사야 !
─아마 딴 애들은 안 받을 거예요. 그래서 선생님 형편이
라면 제가 모시죠.
─으음
시인은 이 최상급의 선의 앞에 흠칫 놀라면서
─그래, 그래야 나도 새 장가 들지 !
하고 얼버무려 버린다.
악의 껍질 같은 칠흑 어둠이 덮인 창굴娼窟 마당에서 시인은
오줌을 깔기면서 이 굴 속에도 비록 광채는 없으나 별과 시
가 깃들어 있음을 따스하게 여긴다.

9
땅이 꺼지는 이 요란 속에서도
언제나 당신의 속삭임에
귀기울이게 하옵소서.

내 눈을 스쳐가는 허깨비와 무지개가
당신 빛으로 스러지게 하옵소서.

부끄러운 이 알몸을 가리울
풀잎 하나 주옵소서.

나의 노래는 당신의 사랑입니다.

당신의 이름이 내 혀를 닳게 하옵소서.

이제 다가오는 불장마 속에서
'노아'의 배를 타게 하옵소서.

그러나 저기 꽃잎모양 스러져 가는
어린 양들과 한가지로 있게 하옵소서.

10
　　—휴전협상 때

조국아, 심청이마냥 불쌍하기만 한 너로구나.
시인이 너의 이름을 부를 양이면 목이 멘다.

저기 모두 세기의 백정들,
도마 위에 오른 고기모양 너를 난도질하려는데
하늘은 왜 이다지도 무심만 하다더냐.

조국아, 거리엔 희망도 절망도 못하는
백성들이 나날이 환장해만 가고
너의 원수와 그 원수를 기르는 벗들은

너를 또다시 두 동강을 내려는데
너는 오직 생각하며 쓰러져 가는 갈대더냐.

원혼冤魂의 나라 조국아,
너를 이제까지 지켜 온 것은 비명非命뿐이었지.
여기 또다시 너의 마지막 맥박이듯
어리고 헐벗은 형제들만이
북으로 발을 구르는데
먼저 간 넋을 풀어 줄 노래 하나 없구나.

조국아, 심청이마냥 불쌍하기만 한
조국아 !

11

오호, 여기 줄지어 누웠는 넋들은
눈도 감지 못하였겠구나 !

어제까지 너희의 목숨을 겨눠
방아쇠를 당기던 우리의 그 손으로
썩어 문드러진 살덩이와 뼈를 추려
그래도 양지 바른 두메를 골라

고이 파묻어 떼마저 입혔거니
죽음은 이렇듯 미움보다도 사랑보다도
더욱 신비스러운 것이로다.

이곳서 나와 너희의 넋들이
돌아가야 할 고향땅은 30리면
가로막히고
무주공산無主空山의 적막만이
천만 근 나의 가슴을 억누르는데

살아서는 너희가 나와
미움으로 맺었건만
이제는 오히려 너희의
풀지 못한 원한이
나의 바람 속에 깃들어 있도다.

손에 닿을 듯한 봄 하늘에
구름은 무심히도
북으로 흘러가고
어디서 울려오는 포성 몇 발

---

* 여기서 적군은 북한 공산군을 가리킴.

나는 그만 이 은원^{恩怨}의 무덤 앞에
목놓아 버린다.

　15
눈덩이가 구을 듯이 커져만 가던
허접스런 인업^{因業}들일랑
봄 여울에 씻은 듯 녹아나 흘러라.

영욕^{榮辱}의 해골마저 타버린
폐허 위에다
이 봄에도, 우리 모두
목숨의 씨를 뿌리자.

하루아침에
하늘 땅이야 꺼진다손
제사, 나를 어쩔 것이냐….

내일의 열매야 기약하지도
않으련만
운명과는 저울할 수도 없는
목숨의 큰 바램.

우리의 부활을 증거하여
무덤 위에 필
알알의 목숨의 꽃씨를
즐거이 정성 들여 뿌리자.

木瓜 옹두리에도 사연이

木瓜 옹두리에도 사연이

1

고삐 꿴
거품 뿜고
침 흘리는 소.

네 살, 나에게 비로소 있음이
‘예루살렘’ 여인네가 내민 수건에
피땀으로 인印 쳐진 사형수의
바로 그런 소 얼굴.

묵화의 산에 미끄럼대로 걸린
진노을 황톳길
앞 달구지에 얹혀
밧줄로 묶인 이조李朝 장롱을 싣고
뒤따르던 그 소 얼굴에서
나의 새 순은 움트며 흐느꼈다.

4

소小 신학생이

---

* 나는 네 살 때 서울서 元山 지구의 선교를 맡게 된 독일계 가톨릭 성 베네
딕뜨 수도원의 교육 사업을 위촉받은 아버지를 따라 그 교외인 德源이란 곳
으로 가서 자란다. 이것이 바로 그 이사 때의 기억.

정월 초하루 아침
백설^{白雪}차림의 황후 폐하 사진을
신문서 도려 갖고
후들후들 변소로 들어섰다.

창세기의 배암이 왼 몸을 조여
모독의 정열을 고름 빼듯 한 후
3년 머물던 수도원을 등졌다.

나는 주의자^{主義者}가 되었다.

　5
출발이 도망이었다.
밤의 현해탄을
'다다미' 한 장에서 뒤친다.

올빼미 눈이 번득이는 선실^{船室}은
출구 없는 갱도^{坑道},
발동소리가 심장을 난타한다.

---

* 나는 열다섯 살에 신부가 되기 위해 가톨릭 수도원에 들어갔다가 3년 만
에 환속한다.

역사의 쇠사슬을 찬 젊은이는
'망또'를 젖히며 일어나 앉아
이름모를 짐승이 되어
치를 떤다.

스승도 없는 '갈릴래아!'

암흑의 파도를 타고
'사死의 찬미'가 들려온다.
머리 푼 '윤심덕'이
손짓한다.

7
그때
'라 로쉬코우' 공[1]과의 해후는
나의 안에 태풍을 몰아왔다.
선한 열망의 꽃망울들은
삽시에 무참히도 스러지고
어둠으로 덮인 나의 내부엔

* 나는 열아홉 살 봄에 동경으로 밀항을 한다.
[1] 프랑스의 모랄리스트(1613~1680)

서로 물어뜯고 으르렁거리는
이면수二面獸의 탄생을 보았다.

자기 증오의 밧줄이
각각으로 숨통을 조여오고
하늘의 침묵[2]은 공포로 변했으며
모든 타자他者는 지옥이요[3]
세상은 더할 바 없는 최악의 수렁 …

하숙방 '다다미'에 누워
나는 신의 장례식을
날마다 지냈으며
길상사吉祥寺[4] 연못가에 앉아
'짜라투스트라'가 초인超人의 성에 오르는
그 황홀을 꿈꿨다.

9
'두이노'의 비가悲歌와 법화경은
나의 무성한 가지에

---

[2] 파스칼의 말
[3] 사르트르의 말
[4] 동경 교외 공원 지명

범신汎神의 눈을 트게 하였다.

나의 성명性命은 아침의 풀이슬
이제까지 모습만으로 있던
만물만상萬物萬象이
안으로부터 빛을 낳고
또 나날이 죽어가고 있었다.

무상無常의 흐느낌이
찰랑거리던 어느 날
나의 안에는 노래의 샘이
솟기 시작하였다.

살이 잎새 되고
뼈가 줄기 되어
붉은 피로 꽃 한 떨기
피우는 그날까지
목숨이여!

나의 첫 시 첫 구절이다.

12

한동안 나는 노장老莊과 소요逍遙하며
어문語文놀이를 즐겼다.

  벗어라 벗어라
  네가 벗어라
  네가 벗지 않으면
  내가 벗으마
  속아라 속아라
  네가 속아라
  네가 속지 않으면
  내가 속으마.

한편 나는 토속신들과도 사귀며
신명풀이에 미쳤다.

  띠띠고 신신고
  호랑이 꼬랑이
  개구리 대구리
  물레에 괴머리
  베틀에 쇠꼬리.

13
망두석望頭石이 되어 지냈건만
마침내 배겨날 수가 없다.

목숨을 부지하려는 일념과
펜을 잡는다는 매혹에
식민지 어용御用신문의 기자가 되어
용왕 앞의 토끼처럼 쓸개는 떼어 놓고
날마다 성전송聖戰頌5)과 공출독려문供出督勵文6)을 써댔다.

부역과 친일이 또 따로 없으련만
이율배반의 그 탈을 이제껏 못 벗어
그날의 나를 울지 못한다.

크라망스!7) 에이 고약한 친구,
자네는 동류同類로서 모른 척해 주게.

14
찬류사상竄流思想8)에 젖어서일까?

---

5) 소위 대동아 전쟁을 찬미하는 글.
6) 일제 전시하 양곡 및 군용자재의 징발에 응하라는 홍보기사.
7) 알베르 까뮈의 소설 《轉落》의 주인공.

우리의 사랑은 처음부터
늙어 있었다.

'잘쯔부르크'의 보석나무[9]가
환영임을 이미 알고 있었고
'로미오'와 '줄리엣'의 그 불꽃과
감미로움을 하찮게 여겼으며
서로가 오직 물고기에게
담수淡水이기를 바랐다.

사모관대紗帽冠帶와 족두리를 하고
'그레고리안'[10] 합창이 울려퍼지는
십자가 제단 앞에서
우리는 부동아라한不動阿羅漢[11]이기를 다짐했다.

평정平靜한 사랑의 염원이
파문을 거듭하기 40년！

------

8) 가톨릭에서 현세를 귀향살이로 여기는 사상.
9) 스탕달의 연애론에서 비유된 소금의 결정작용으로 이뤄지는 보석의 환
   영.
10) 로마 교황 그레고리오가 집대성한 가톨릭 성가집.
11) 불교의 소승에서 일컫는, 어떤 나쁜 인연을 만나더라도 물러서지 않는 경
   지.

이제 저 다짐은 후광을 지닌다.

  16

망국의 쓰라림과 그 설움을 맛보지 않고서
이날의 우리의 환희를 어찌 알리야?

꿈 속에서만 쫓던 파랑새[12]가
불시에 내 품에 날아든
그런 황홀….

보는 사람마다 붙들고
함께 함성을 올린다.
만나는 사람마다 붙잡고
눈물을 흘린다.

어제까지의 그 암담은 어디로 가고
어제까지의 그 실의失意는 어디로 가고
다함없는 사랑이 내 가슴에 흘러 넘친다.
삶의 용력勇力이 내 전신에 용솟음친다.

---

[12] 벨기에의 작가 메텔링크의 동화극에 나오는 꿈의 새.

풍선처럼 부풀어 마냥 날으는 꿈결 속에서
나는 역사의 신 앞에
비로소 한 번 감사의 합장을 한다.

　18
삽시에 8월의 파랑새는
판도라의 상자[13]로 변한다.

우리 앞에 나타난 해방의 사자들이
세기의 백정들이 되어
우리 강토를 두 동강으로 가른다.

따발총과 '다와이' 소리로 뒤덮인 내 고장,
신출내기 '동무'들이 눈 뒤집혀 날뛰고
멍도 채 가시지 않은 우리의 사지[四肢]를
붉은 밧줄이 되묶어 가고 있었다.

나는 정체 모를 이 삶의 출발에서
저 나사렛 사나이[14]가 광야에서 당한
악마의 시험을 거듭 치러야 했고

---

[13] 희랍 신화에 나오는 재앙의 상자.
[14] 예수 그리스도.

마침내 시에 일곱 가지 낙인[15]이 찍혀
칠순 노모와 신혼의 아내를 버리고
이 땅에다 이념이 만든 ‘죽음의 섬’[16]을
빠삐용[17]처럼 탈출한다.

38선 한 발 넘어
떠오르는 태양 앞에서
나는 ‘올페우스’이기를 빌었다.

　19
내가 내디딘 서울은
꿀꿀이 죽처럼 질퍽하고
역했다.

모두가 미친 듯이 자유를
구가(謳歌)했지만
나는 거대한 기중기에게 뒷덜미를
잡힌 느낌이었다.

---

[15] 소위 시집 ‘凝香’ 사건 때 나의 시에 대한 공산당 어용평론가의 혹평인데
　‘퇴폐주의적이고 악마주의적이고 부르주아적이고 반인민적이고 반역사
　적이고 등등’.
[16], [17] 빠삐용은 ‘앙리 샤리에르’의 脫獄手記의 주인공의 별명이요, ‘죽음의
　섬’은 빠삐용을 비롯한 徒刑囚들이 갇혀 있던 섬의 별칭.

자금성紫禁城[18]으로 달리던 풋꿈이 깨지자
나는 우익지右翼紙의 기자가 되어
마치 스페인 내란 당시 프랑코휘하麾下의
의용병으로 자처했다.

그러나 나날이 빛을 잃어가는
자아의 인광燐光에 놀라서
때마다 실존의 바다에 목주木舟를 저어가
노櫓ㅅ대로 익사자溺死者를 찾듯
내 꿈의 시체들을 건지며
진혼鎭魂의 노래들을 불렀다.
그리고 나는 관 속에서 깨어나는
나자로의 부활을 그렸다.

   25

하마와 곰이 으르렁거리는
그런 형국形局의 대륙 한 끝에
방아 찧는 토끼모양 붙어 있는 반도,
남쪽 반동강에다
UN이 탄생시키는 대한민국.

____

[18]북경에 있는 淸朝의 宮城. 여기서는 내가 월남 직후 북경 유학을 서둘렀
다가 중공군의 집권으로 단념하게 된 것을 표상하고 있음.

태극의 깃발이 게양되었다.

그날 우리의 신명을 돋운 것은
패랭이 고깔에 징과 북과 피리뿐이요
그날 멍든 우리 손에 쥔 것이라곤
호미와 삽과 괭이뿐이었다.

그러나 나는 빌면서 믿었다.

이 땅 역사의 길고 깊고 넓은 뿌리는
땅 밑을 흐르는 모든 강으로부터
그 삶의 영양을 빨아 올려서
걸음이 더디고 느리기는 하겠지만
틀림없이 줄기를 뻗고 잎새를 달아
이 세상에 희귀한 꽃을 피우리라고.

또 나는 빌면서 각오했다.
앞으로 닥칠 우리의 쓰라림은
소태보다도 쓸 것이며
때마다 좌절의 슬픔은
앞길을 보이지 않게 하겠지만
오히려 이러한 괴로움은

우리에게 사력死力을 다하게 할 것이라고

그리고 나는 빌면서 다짐했다.

이 나라의 아픔이 나의 아픔이기를!

　27
6·25, 그날의 경악과 절망을 맛본 사람은
지구의 종말을 맞더라도 덜 당황해 하리라.

하루 만에 패잔병의 모습으로 변한
국군과 함께 후퇴라는 것을 하며
수원에서 UN군 참전의 소식을 듣고서야
'노아'의 방주를 탄 안도의 한숨을 내쉬었다.

대전에서 정보부대 정치반원으로 배속되어
공산당들 총살장에 입회를 하고 돌아오다
어느 구멍가게에서 소주를 마시는데
집행리執行吏였던 김 하사의 술회,

"해방 전 저는 일본 광도廣島에 살았는데
그때 어쩌다 행길에서 동포를 만나면

그렇게 반갑더니, 바로 그 동포를
제 손으로 글쎄, 쏴 죽이다니요…
그것도 무더기로 말입니다…
망할 놈의 주의主義… 그 허깨비 같은
주의가 도대체 무엇이길래…
그놈의 주의가 원숩니다….”
하고 그는 ‘으흐흐…’ 흐느꼈다.

나는 전란을 치르면서나 30년이 된 오늘이나
저 김 하사의 표백表白,

‘망할 놈의 주의主義… 그 허깨비 같은
주의가 도대체 무엇이길래…
그놈의 주의가 원숩니다….’

보다, 더 또렷한 6·25관을 모른다.

33
오직 그 시 한 편을 위하여 잿더미가 된 서울도 화천민의
희열로 바라볼 수가 있었다.

오직 그 시 한 편 때문에 수복 후, 생사가 불명하던 가족들

이 보름도 넘어 남방토인南方土人처럼 까맣게 타서 나타났을 때 '이제 우리의 고생은 다 끝났다. 고향에 돌아가 옛말하며 살 자구' 이 한마디로 서로가 족했다.

'1950년 9월 30일, UN군 사령관 '더글러스 맥아더' 장군은 김일성에게 최후의 항복 권고를 발하였고 이에 적이 불응하 자 10월 1일 동해안지구의 국군 제3사단을 선봉으로 북진을 개시, 동 2일 전 전선의 아군부대는 일제히 38선을 돌파하였 다.

동부전선의 국군 제1군단 예하 3사단과 수도사단은 10월 10일 원산을 점령하고 동 28일 성진을 통과, 31일에는 길주서 합수로 진격했으며 수도사단은 해·공군의 지원을 받으면서 11월 25일 청진에 돌입했다.

중부를 담당한 국군 제2군단 예하부대는 10월 21일 7사단 이 순천으로 진격하고, 8사단은 동 17일 양덕 방면으로 분진 分進하여 덕천에 진출, 6사단은 화천을 거쳐 양덕으로 북상, 동 26일 동 사단 7연대는 17시 50분 초산에 돌입, 압록강변 국경선에 도달하였다.

서부로 진격한 UN군 직할부대는 경의 본선과 서해안을 북 상, 10월 19일 17시 국군 1사단을 선두로 평양을 점령, 동 20 일 숙천肅川, 순천 간에 낙하한 미 제11 공정空挺사단 187연대 약 4,000명과 동 21일 낙하한 800명과 합세, 동 31일 선천에 진출하였다.

　　한편 인천상륙전에 용명을 떨친 미제 10군단은 10월 26일 원산에 상륙, 그 주력이 장진호로 진격, 갑산을 거쳐 11월 21일 국경선 혜산진^{惠山鎭}에 도달하였다.'

　　이상은 역사의 기록이 아니라 비록 중공군의 불법침입으로 무참히 지워졌지만 우리 자유민들이 장미보다도 붉은 피로 이 땅에 써 놓았던 불멸의 시를 내가 여기 되새겨 놓은 것이다.

　45
삐걱거리는 판자 밑으로
연탄빛 도랑이 흐르는 소리를 들으며
나는 멀거니 누워 있었다.

'자유 조국'이 환상이라면
전쟁은 무엇을 위하여 치렀단 말인가?
고향은 무엇 때문에 버렸단 말인가?
나의 물음이 절박할수록
그 대답은 멀어만 갔다.

당신은 실연을 했군요?

……

부인이 도망을 갔나봐?

……

그것도 별루 좋아도 안하면서, 벌써
열이틀짼데!

……

창녀의 물음에 대답할 바도 없어
나는 '날개'[19]의 주인공이 된다.

거리에는 '딱벌레'[20]와 백골단[21]이 난무하고
나의 피난 집에는 기관원機關員이란 자가
권총을 발사하며 달려들곤 하였다.

47
내가 만일
조국을 팔았다면

---

[19]이상의 소설.
[20]부산 제1차 정치파동 때 날뛰던 정치깡패 집단.
[21] 상동
追記 : 나는 제1차 정치파동 때 〈민주고발〉이란 사회시평을 신문에 연재하
여 당국으로부터 핍박을 받아 대구 달성공원 아래 河上 판자 娼窟에 피신
소동을 벌였다.

그 앞잡이가 되었다면
또 그 손에 놀아났다면
재판장님 !
징역이 아니라
사형을 내려 주십시오.

조국을 모반(謀反)한 치욕을 쓰고
15년이 아니라 단 하루라도
목숨을 구차히 이어 가느니보다
죽음이 차라리 편안합니다.

저기 저 창 밖에
일진광풍이 채 물들지도 못한
낙엽을, 지움을 좀 보아 주십시오.

재판장님 !

---

* 이승만 정권의 專橫에 대한 계속적인 나의 저항은 마침내 1959년에 이르
러 옥고마저 치르게 한다.
  소위 '레다 사건'이란 것으로 교포 친구가 남대문시장서 美製眞空管 2개
를 동경대학에서 海中 軟體생물연구를 하고 있는 사위(고 崔相박사, 전
KIST 연구위원)에게 사 보낸 것을 트집잡아 그 사실조차도 모르는 나를
오직 그와 친분이 있다고 반공법 위반, 利敵罪로 잡아 가둔 것이다. 이
시는 그 재판중 15년 구형을 받고 최후 진술에서 필자가 행한 말의 大要
를 詩化한 것임.

무죄가 아니면
진정, 사형을 내려 주십시오.

(1959년 10월 21)

  52
함성
함성
함성
함성
함성

함성이 길을 메운다.
함성이 거리를 뚫는다.

함성이 함성을 불러
모든 가슴의 불을 토하고
모든 어둠의 공포를 삼킨다.

피묻은 분노의 함성
기쁨과 눈물의 함성

그 함성이

겹겹이 쌓은 바리케이트를 무너뜨리고
그 함성이
총구銃口와 포문砲門을 벙어리로 만들고
그 함성이
환관宦官들을 혀를 빼문 개로 만들고
그 함성이
늙어서 귀가 먹은 폭군의
고막을 뚫어
10년 전제專制에 종지부를 찍는다.

그 함성에는
샘물 같은 청렬淸冽이 있고
그 함성에는
신록의 싱싱함이 있고
그 함성에는
무지개같이 아롱진 꿈이 있고
그 함성에는
비둘기 같은 평화가 있고
그 함성에는
아폴론의 예지가 있고
디오니소스의 도취가 있다.

겨레의 뿌리로부터 우러나온 함성
겨레의 역사를 이어 오는 함성
영원토록 꺼지지 않을 함성
소리가 없어도 들리는 함성
오오, 4월의 함성이여!

　54
살고기를 놓고 서로 으르렁거리는
4월의 잔칫상을 뒤로 하고
나는 부상한 환영을 안고서
실존의 독방으로 돌아왔다.

내가 꿈꾸던 새 삶의 공화국은
공중의 풍선처럼 자취없이 꺼지고
내가 현장 속에서 목격한 것은
새 송장에 몰려든 갈가마귀 떼들의
우짖음과 그 소란이었다.

자기 붕괴와 절망이 목을 조여
입관을 끝낸 가사假死 속에 들었다가
이상과 현실이 평행할 수밖에 없다는
자명성自明性에 겨우 눈을 떴다.

정신의 거미줄과 먼지를 털고
책상 앞에 앉아 붓을 잡았지만
동면 속에서 갓 나온 개구리처럼
향방을 몰라 심장만 불룩였다.

60

그[22]와 마주앉은 것은 5월 19일 저녁, 기관총을 실은 장
갑차가 마당에 놓인 어느 빈 호텔[23]의 한 방
　그도 나도 잠자코 술잔만을 거듭 비웠다.
　마침내 그가 뚱단지 같은 소리를 꺼냈다.
　"미국엘 좀 안 가 주시렵니까?"
　"내가 영어를 알아야죠?"
　"영어야 통역을 시키면 돼죠!"
　"하다 못해 양식탁洋食卓의 매너도 모르는 걸요!"
　"그럼 어떤 분야라도 한몫 져 주셔야지!"
　"나는 그냥 남산골 샌님으로 놔 두세요!"
　얼핏 들으면 만담 같은 이야기를 주고받으며 우리는 술
잔을 거듭 비웠다.

---

[22] 박정희 장군.
[23] 지금 KAL 빌딩이 서 있는 자리에 있던 국제 호텔.

62

궁리 끝에 신문 지국支局 간판24)을 메고
유학의 길에 오르듯 '도쿄'로 향했다.

— 바로 내 앞방에다 사무실을 마련해 놓았는데25) 끝내 가
   시기요, 이 판국에 일본 낭자들과 재미나 볼 작정인가
   요?
— 시인이란 현실에서 보면 망종亡種이지요, 그래서 '플라
   톤'도 그의 이상국가에서 시인을 추방하는 게 아닙니
   까 !

비행창으로 구름밭을 내다보며
그 현실로부터의 격리를 확인하면서도
그26)와의 작별 때 대화가
내 뇌리를 후벼팠다.

---

24) 나는 1961년 봄, 당시 가톨릭에서 경영하던 〈경향신문〉의 동경지국장
   을 자청해서 국내를 떠난다.
25) 당시 국가재건최고회의 의장인 박정희 장군은 나를 상임 고문으로 내
   정해 놓고 직접 또는 金八峰 선생 등 나의 주변 분들을 통해 간접으로
   나의 동경행을 만류했다.
26) 박정희 장군.

68

봄 가슬^{收穫}이 끝난 후
재벌 심은 수수가
내 양말목만큼씩 하고
가을 채마는 어려서
아직 사추리를 내뵐 제
나는 수술실로 들어갔다.

잔등을 전기 메스로 가르고
폐를 꺼내어 공동^{空洞}을 째고
항생제로 씻어 내고
갈비뼈를 잘라 누르고
도로 등을 꿰매고
이런 것을 공동절개^{空洞切開}와
성형^{成形}수술이라 한다.

1주일! 극한의 아픔과
몽혼^{曚昏}의 나날이 지나서
등의 실을 뽑고
그리고 또 3주 만에
다시 갈비뼈 두 대를 자르는
제 2 차 성형수술을 받았다.

이번엔 모두 끝마쳤다는 안도로
아픔을 이기면서
달포가 지나서야
일반 병동으로 옮겨왔다.

나는 그 이튿날
뼈가 마치는 등을 지고
지팡이를 짚고서
밭을 찾아 나섰다.
놀랐달까 어이가 없달까
그새 수수는 10년 만에 보는
고향 애들처럼 자라서
나보다 목이 하나 더하고

배추는 친정에 온 조카딸들처럼
알을 배어 통이 앉고
무밭은 마냥 시퍼렇게
마치 연병소 마당 같다.

이날 밭에 나갔던 게 탈이 되어
열을 내고 드러누웠는 사이에
또 한 달이 지나갔다.

어느 날 X레이를 찍으니
가성골假成骨이라는 게 생겨나서
첫째 갈빗대 9.7cm
둘째 갈빗대 15.5cm
셋째 갈빗대 16cm
넷째 갈빗대 19cm
다섯째 갈빗대 19cm
자른 뼈와 뼈 사이를
이어 놓고 있었다.

나는 다시 다음날
회생回生의 기쁨을 안고
밭에 나갔다.

그러나 수수는 더 자라지는 않고
무거운 고개를 드리우고 있었고
배추와 무도 알몸이 튀어나왔지만
한계인지 크지는 안했다.

높은 가을 하늘 다사로운 햇볕
한결 가벼워진 잔등에
신선한 바람을 맞으며

나는 이 이상 무슨 이적異蹟을
더 보려들고 바라겠는가.

　70
산비탈 무밭에 핀 둘국화모양
스님들과 그 독경 틈에 끼여
한무리 가톨릭의 수녀들이
효봉曉峰 스님27) 영전에 꿇어서
연도煉禱28)의 합송合誦을 하고 있다.

—주여, 망자에게 길이 평안함을 주소서.
—영원한 빛이 저에게 비추어지이다.

이 어쩐 축복된 광경인가?
이 어쩐 눈부신 신이神異런가?

서로가 이단과 외도로 배척하여

---

27) 1965년 입적하신 전 조계종 宗正.
28) 가톨릭의 死者를 위한 기도.
追記 : 1962~65년까지 열렸던 로마 제2의 바티칸 공의회에서 〈非基督敎에
　관하여〉, 〈信仰의 자유에 관하여〉라는 획기적 선언문이 채택됨으로써 他
　宗敎에 대한 배타심이 비로소 가톨릭에서 사라지는데 이것이 나의 정신
　歷程에 큰 안도와 기쁨을 가져왔다.

154

서로가 미신과 사도^{邪道}라고 반목하며
서로가 사갈^{蛇蝎}처럼 여기던 두 신앙,

이제사 열었구나, 유무상통^{有無相通}의 문을 !

오직 하나인 진리를, 사람들이여
가르지 말라.

사람들이여, 오직 하나인 하느님을
가르지 말라.

나는 진공묘유^{眞空妙有}의 이 소식 앞에
기뻐서, 너무나 기뻐서 흐느꼈다.

71

나는 어디서 날아온지 모르는
'메시지' 한 장을 풀려고
무진 애를 쓰다 돌아왔다.

'꾸몽' 고개 야자수 그늘에서
'봉다워' 바닷가에서
아니 '사이공'의 '아오자이' 낭자와

마주 앉아서도
오직 그것만을 풀려고
애를 태우다 돌아왔다.

아마 그것은 '베트콩'이 뿌린
전단傳單인지 모른다.
아마 그것은 '나트랑' 고아원서 만난
월남 소년의 장난인지 모른다.
아마 그것은 어느 특무기관이
나의 사상을 시험하기 위한
조작인지 모른다.
아마 그것은 '로마' 교황의
평화를 호소하는
'포스터'인지 모른다.
아니 그것은 우리의 어느 용사가
남겨 놓고 간 유서인지 모른다.

마치 그것은
흐르는 눈물 모양을 하고 있었다.
마치 그것은
고랑쇠 같은 모양을 하고 있었다.
마치 그것은

포탄으로 뻥 뚫린
구멍 모양을 하고 있었다.
마치 그것은
사지를 잃은
해골 모양을 하고 있었다.
아니 그것은
눈감지 못한
원혼의 모습을 하고 있었다.

그런데 그것은
월남 이야기인 것도 같고
그런데 그것은
나 개인의 문제인 것도 같고
그런데 그것은
우리 민족에 관련한 것도 같고
아니 그것은 보다 더
인류와 세계에 향한
강렬한 암시 같기도 하였다.

---

* 이 시는 내가 1967년 11월 월남을 시찰하고 쓴 유일의 작품으로 당시는 자유월남 정부군에게 전세가 유리하고 더구나 파월 국군은 승승장구하던 때였지만……

내가 그것으로 말미암아
오직 느낀 것이 있다면
나란 인간이
아니 인류가
아직도 깜깜하다는 것뿐이다.
나는 그 '메시지'를
풀다 풀다 못하여
이제 고국에 돌아와서까지
이렇듯 광고한다.

백지 위에
선혈로 그려진
의문부
' ? '
그게 무엇이겠느냐?

75
하와이 사생초^{寫生抄 29)}

나의 바다는 오늘도
태질을 친다.

---

²⁹⁾ 나는 1970년도 봄학기부터 1973년 여름학기까지 미국 하와이 대학에서 한
국 傳承文化 강의를 했다.

‘와이키키’ 바다야!
너는 어쩌면 이 시간에
숨결마저 고우냐?

너의 가슴을 살랑대는 바람도
나를 송두리째 뒤엎는 태풍도
그 정체를 몰라 그런다.
　　*
선머슴의 크레용 그림마냥
붉은 고슴도치 해
함박 웃음의 달
떠가는 바위 구름
색동 무지개
그리고 잠자리 비행기가
한 하늘에 다 있다.
나도 그 아래선 마음놓고
대낮에 꿈꾸는 짐승이 된다.
　　*
색색色色의 꽃도 사람도
어울려 피어 있다

나도 모래 위에다

그 서양西洋 친구[30]처럼
'인류는 서로가 사랑해야……'라고
썼다가는 지운다.

아니 지웠다가는
또 쓴다.
　　*
연구실에서
하품으로 마주하던
'덴탈레스'[31]

'팔로로' 집에서
나의 말벗이던
'다이아몬드 헬'[32]

그리고 때때로 나와
밀회를 즐기던
'코코 헬'[33]

---

[30] W.H. 오든을 가리키며, 그가 처음 발표할 때 썼다가 시집 낼 때 삭제하고 만 '우리는 서로 사랑하지 않으면 멸망뿐이다'라는 名詩句의 내용을 되 씹어 그 가능성의 여부를 추구해 봄.
[31], [32], [33] 모두 호놀룰루에 있는 산의 이름.

우리는 이렇듯
무심히 헤어져도

너희는 나의 안에서
나의 무덤에 연^連한다.
    *
기름진 자연과
고른 세상살이 이 속에서

우리 그 버짐먹은 산
여윈 시내
뒤틀린 소나무
우릿간 같은 집과
우중충한 얼굴들이
어이 이처럼 애절하다지?

이럴작시면 내사 죽어
극락에 든들 못 잊지 못 살지!

　77
그는 '샤먼'이 되어 있었다.

그 장하던 의기가
'돈키호테'의 광기로 변하고

그 질박(質朴)하던 성정(性情)이
방자(放恣)로 바뀌어 있었다.
오랜 역려(逆旅)에서 돌아온 나는
권좌의 역기능으로 굳어진
그 친구를 바라보며

공동묘지의 갈가마귀 떼처럼
활자마다 지저귀는 신문과

신의 무덤[34]에 나아가
가마귀 떼처럼 우짖는
군중 속에서

원가(怨歌[35])가 없어
더욱 가슴 아팠다.

---

* 시 77은 1973년 8월, 3년 반에 걸친 미국생활을 끝마치고 돌아와 맞이한
  국내 상황이다.
[34] R. 아돌프스의 책 이름으로 세속화된 교회를 가리킴.
[35] 鄕歌 중의 信忠의 노래.

79

이제 나는 '드레퓌스'[36]의
벤치에 앉아

밤바다를
야자열매 자루에 얹혀
멀어져 가는
'빠삐용'[37]을 멀거니 바라보는

도형수徒刑囚 '쨩'[38]의 심회心懷로
세상을 바라본다.

'죽음의 섬'을 지키는 간수들의
사나운 눈초리를 받으며
한 감방 안의 형편없이 위험한
건달패들과 어울리면서
나의 소임인 2백 마리의
돼지를 치며 사는 것이

---

[36] 유태 출신의 프랑스 대위, 반역죄로 몰려 '죽음의 섬'에 유형되었다가 12
년 만에 풀려남.
[37] '앙리 샤리에르'의 탈옥 수기에 나오는 주인공의 이름으로 그는 아홉번
째의 탈출에 성공함.
[38] 빠삐용의 탈출을 돕고도 '죽음의 섬'에 그대로 남은 중국계 囚人.

바깥 어느 세상의 삶보다도
좋지도 나쁘지도 않다는 것을
나는 깨닫게 된 것이지!

이 세상에는
보이거나 보이지 않거나
창살과 쇠사슬이 없는 땅은 없고
오직 주어진 우리 속을 영지^{領地}로 삼아
여러 모양의 밧줄을 자신의 연모로
변질시킬 자유만이 있다는 것을
나는 알게 된 것이지!

그래서 나는
새로 찾아 나서야 할
자유도 복지도 없어
이렇듯 외로운 것이지!

　87
국민으로서는 열여덟 해나 받든 지도자요
개인으로는 서른 해나 된 오랜 친구,

———————————

* 이 鎭魂祝은 1979년 10월 26일 박정희 대통령 서거 때 쓴 것임.

하느님! 하찮은 저의 축원이오나
인류의 속죄양, 예수의 이름으로 비오니
그의 영혼이 당신 안에 고이 쉬게 하소서.

이 세상에서 그가 지니고 떨쳤던
그 장한 의기와 행동력과 질박한 인간성과
이 나라 이 겨레에 그가 남긴 바
그 크고 많은 공덕의 자취를 헤아리시고

하느님, 그지없이 자비로우신 하느님,

설령 그가 당신 뜻에 어긋난 잘못이 있었거나
그 스스로가 깨닫지 못한 허물이 있었더라도
그가 앞장서 애쓰며 흘린 땀과
그가 마침내 무참히 흘린 피를 굽어보사
그의 영혼이 당신 안에 길이 살게 하소서.

90

여기는 결코 버려진 땅이 아니다.

영원의 동산에다 꽃피울
신령한 새 싹을 가꾸는 새 밭이다.

젊어서는 보다 육신을 부려 왔지만
이제는 보다 정신의 힘을 써야 하고
아울러 잠자던 영혼을 일깨워
형이상^{形而上}의 것에 눈을 떠야 한다.

무엇보다도 고독의 망령에 사로잡히거나
근심과 걱정을 능사로 알지 말자.
고독과 불안은 새로운 차원의
탄생을 재촉하는 은혜이어니
육신의 노쇠와 기력의 부족을
도리어 정신의 기폭제로 삼아
삶의 진정한 쇄신에 나아가자.

관능적 즐거움이 줄어들수록
인생과 자신의 모습은 또렷해지느니
믿음과 소망과 사랑을 더욱 불태워
저 영원의 소리에 귀 기울이자.

이제 초목의 잎새나 꽃처럼
계절마다 피고 스러지던
무상한 꿈에서 깨어나

죽음을 넘어 피안에다 피울
찬란하고도 불멸하는 꿈을 껴안고
백금같이 빛나는 노년을 살자.

체험과 뜻, 그 言靈의 연금술사

성찬경

체험과 뜻, 그 言靈의 연금술사

성 찬 경(시인·성균관대 교수)

1

　벌써 여러 해 전에 필자는 여의도의 구상 선생 서재를 방문한 적이 있었다. 그 서재는 구상 선생의 현재의 관수재(觀水齋)보다도 얼마 가량 작았었다. 서재에 들어서는 순간 선생이 집필하시는 책상 바로 앞에 있는 작은 남향창에서 쏟아져 들어오는 햇살의 무리(群)와 그것들이 책상 둘레에 서리는 눈부신 무리(暈)로 해서 필자는 형용하기 어려운 황홀한 놀라움을 느꼈었다. 뭐랄까, 구상 선생의 글에 이른바 언령(言靈)의 기운이 늘 서리는 이유를 느낄 수 있는 듯했다. 또한 구상 선생의 삶과 예술(시를 주축으로 하는)이 본질적으로 저렇게 양명하고 소담스러우며 그만큼 건강한 상태의 한복판에 있음을, 다시 말해서 구상 선생의 예술이 하늘의 축복 속에 있는 것을 느낄 수가 있었던 것이다.

　그러나 시인 구상(1919~, 이하 경우에 따라서 존칭은 생략하기로 한다)의 삶과 예술이 처음부터 저러한 다복한 환경 속에서 아무 파란 없이 자라온 것은 아니다. 오히려 이와는 반대로 구상의 삶과 예술은 숱한 역사적 파란과 실존적 비극을 겪으며 그럴수록에 그런 것을 초극해 내는 불굴의 의지로서 그런 것을 관조와 조화(調和)와 평화의 국면으로 이끄는 과정의 연속이었으며, 구상의 이러한 정진은 지금도 변함없이 지속되고 있는 것으로 보아야 할 것이다. 따라서 조금 전에 필자가 말한 '햇살의 축복론'은 오히려 구상의 삶과 예술의 과정에 내재해 있는 역설적 및 모순적인, 그러면서도 또한 본질적인 표상이라고 해도 될 것이다.

이제 구상의 삶도 예술도 마침내 높은 봉우리에 다다른 셈이다. 그리고 필자가 필자의 마음 안에 그려보는 구상 선생의 표상은 이것 역시 짧지 않은 세월을 두고 자라온 총체적인 결론 같은 것이지만, 어쨌든간에 필자가 구상 선생 할 때에 마음속에 떠오르는 것은 반쯤은 추상화된 늘 한결같이 따뜻하고 인자한 사랑의 모습, 그리고 필자의 척도로는 도저히 그 깊이와 넓이를 헤아릴 수 없는 구상의 정신세계에 대한 외경, 그리고 이러한 선생의 인품과 학예적 조예가 그대로 투영되어서 결정(結晶)된 작품 세계 전체에서 오는 역시 큰 매와도 같은 그 인상, 이러한 것인데, 구상의 경우 이러한 세 갈래의 인상의 가락이 기실 이음매 없는 온전한 하나이다. 필자가 이렇게 생각하는 까닭은 구상이야말로 작가의 삶과 작품세계를 온전한 하나로 보는 일종의 '관(觀)'을 지니고 있으며, 단 이 일의 실현을 위해서 그만한 노력을 해옴으로써, 이를테면 '전인적(全人的)' 결실을 거두어 온 것으로 여겨지기 때문이다. 그리고 우선 말해 버린, 결론에 해당하는 이러한 관점에서 구상의 삶과 시를 살펴 나가는 것이 타당한 방법이 아닐까 하는 생각이 드는 것이다.

구상 선생의 인품과도 관련이 없다 할 수 없는 위와 같은 말을 하나 보니 또 생각나는 일이 있다. 필자는 구상 선생과 함께 '공간시낭독회'를 운영하고 있는데 여기에서 구상 선생이 하시는 인사 말씀, 또는 시에 관한 얘기, 또는 이런 저런 인생에 관한 얘기를 듣고, 역시 늘 '공간시낭독회'에 나오시는 우리 나라 철학계의 원로라 할 수 있는 철학가 한 분이 '구상 선생의 말씀은 바로 언어미학(言語美學)'이라고 평했던 것이 지금도 잊혀지지 않는다. 말할 것도 없이 말은 바로 사람의 척도인데, 구상 선생의 일상적인 말씀(언어생활)도 그 깊이, 적확성, 또는 그 운치에 있어서 구상의 모든 글과 구별될 수가 없는 빼어난 작품의 경지에 가 있다고 아니할 수가 없으며, 이런 점도 구상의 전인적인 존재의 한 모습이라는 생각이 든다.

2

구상의 극히 특징적이면서도 명확한 시에 대한 사상 역시 그의 인생관 또는 우주관에서 필연적으로 도출되는 것으로 볼 수 있겠다. 또는 이런 논지의 방향을 역으로 돌려서 시에 대한 그의 생각이 그의 인생론을 규정하고 있다고 보아도 무방하다. 이 말은 구상의 인생론도 시론도 이를테면 '전인적 존재론'이라 할 수 있는 그의 사상의 커다란 원(테두리)의 일환에 해당하는 호(弧)라 할 수 있으며, 따라서 부분적인 호가 또 다른 부분적인 호를 이끌어낼 수 있듯이 그의 인생관과 시관도 상호 규정적이면서도 동시에 상호 관통되는 본질적 동일성을 내포하고 있다고 말할 수 있다. 이렇게 생각하면서 여기에서는 시에 대한 그의 생각을 살펴보고 그것이 그의 삶과 어떻게 유기적인 관련을 갖게 되는가 하는 쪽으로 생각을 해나가기로 하겠다. 그리고 이렇게 하기 위해서는 시에 대한 구상 자신의 말을 직접 들어 보는 것이 좋으리라고 여겨진다.

결론적으로 말한다면 시에 있어서의 언어란 존재에 대한 인식
의 높이와 그 깊이와 그 넓이에 비례하는 것입니다. 이것을 실제
작품에서 따지면 나타난 언어 그 표상은 보이지 않는 인식의 치
열성과 그 경험의 부피가 생명을 결정하는 것입니다.
언령(言靈)이란 숙어가 있습니다만 우리는 무속적(巫俗的)인
용어로밖에 쓰고 있지 않습니다. 그러나 일본에서는 현대 언어
학, 특히 언어의 심미적 고찰 등에서 또는 시어의 연구에서 자
주 입에 오르는 말로서, 즉 언어에 내재한다고 믿어지는 신령한
힘을 뜻합니다. (중략) 그래서 시의 언어가 생명을 지니고 힘을
지니기 위해서는 그 말을 지탱하는 내면적 진실, 즉 그 말의 개
념이 지니는 등가량(等價量)의 추구와 체험이 요구되는 것입니
다.

—「詩文學」, 1983년 10월호

여기에서 '그 말의 개념이 지니는 등가량의 추구와 체험이
요구된다'는 말이 갖는 결정적인 의미를 간과해서는 안된다.
다시 말해서 시인의 삶(추구와 실천적 체험)이 밑에 깔려 있지
않은 시는 시로서의 힘과 존재 이유를 지닐 수 없다는 말이 된
다. 이러한 그의 생각을 본질적으로는 같은 뜻이나 딴 곳에서
좀더 심층적으로 부연한 구상 자신의 말이 역시 매우 긴요하
다고 여겨지기에 좀더 인용하겠다.

그런데 한편 현대시가 주제 즉 표현 목적인 인간 삶의 방향성
이 없이 형상성(形象性) 그 자체만을 목적으로 하여 표현을 위
한 표현을 일삼게 될 때 예술이 지니는 흥미와 유희적 속성에만

편중함으로써 결국 독자들의 공감을 불러일으키지 못하게 되는 것이다.

즉 예술적 표상이 방법이 아니고 목적으로 되었을 때 그 표상 자체는 한 소리로서의 객관성을 잃게 됩니다. 여기에서 객관성이란 작품과 독자와의 심적인 상호연관성을 뜻합니다. 그러므로 그 시의 표상이 어디까지나 개적(個的)이요, 심적 상호연관성을 지니지 않을 때 그 시는 집합(集合)표상이나 사회표상이 되지 못합니다. 말할 것도 없이 개인의식은 개인표상의 연속체요, 사회의식은 집합표상의 연속체로서 개인의식을 사회의식까지 고양시키기 위해서는 개인의식에 대한 의식적 비평이 요구됩니다. 그래서 시작품의 경우 표출대상에 대한 자기비평 없이는 독자와의 심적 상호작용, 즉 공감을 불러일으킬 수가 없습니다. 즉 표상에 대한 의식적 거리와 비평이 없이는 시를 사회적 존재로 만들기는 불가능합니다.(중략)

즉 내가 주장하는 바 시적 현실의 현실과의 연결은 단순 소박한 시와 현실과의 평면적 연결을 의미하는 것이 아니라 작가와 표상과의 거리를 유지하고 지적(비평) 작용을 통하여 시적 현실에다 인간성, 사회성, 영원성을 부여하고 우리의 삶의 실재나 실체와 유리되지 않는 것을 뜻합니다.

그래서 표현주의가 갖는 예술적 표상을 부인하거나, 또는 소박한 사회성이나 정치적 경사(傾斜)를 찬동하는 것이 아니라 오직 표현주의의 그 내부영상의 심층적 표현이나 시각적 회화성이나 다각적 입체감을 어디까지나 개인표상에 머무르게 한다든가 탐미적인 유희성에 끝나게 하지 말고 인간과 사회와 역사와 영원성을 회복하여 그 비평을 시의 중핵(中核)으로 삼고자 하는 것입니다.

―「나의 시의 좌표」,

　　　　구상 수상집 『실존적 확신을 위하여』 1982년

　　인용이 좀 길어졌지만, 이 두 글 안에서 우리는 시에 대한 구상의 핵심적인 사상을 볼 수 있다. 편의상 위의 글의 내용을 다시 한번 요약해 본다면, 첫째, 시의 뜻의 근저에는 삶에서 오는 시인 자신의 깊은 체험이 깔려 있어야 한다. 그러나 체험이 곧바로 시의 뜻이 되는 것은 아니다. 그 체험의 내용에 치열한 지적 비평적 작업을 가함으로써 그것을 개인적 차원의 뜻으로부터 보편적 차원의 뜻에 다다르도록 해야 한다.

　　이것이 경험 내용의 시화(詩化)이며 이렇게 해야 경험의 내용이 바로 시의 뜻이 되는 것이다. 그러므로 경험과 시의 뜻 사이에는 이를테면 불연속의 연속이라 할 수 있는 과정이 반드시 개입하게 되지만, 그렇더라도 시의 뜻의 밑바닥에는 그것을 구성하는 절대적 요소로서 시인 자신의 절실한 체험이 깔려 있어야 한다.

　　이어서 구상은 시에, 그리고 구상의 생각대로라면 시를 쓰는 이에게 더 엄청난 과제를 부과한다. 즉 그렇게 해서 쓰인 시는 그 뜻에서 인간적 차원의 것, 사회적 차원의 것, 역사적 차원의 것, 영원적 차원의 것 등 어느 하나도 버려서는 안된다는 것이다.

　　이것은 매우 어려운 과제이나 불가능한 일은 아니다. 그리고 이렇게 하기 위해서는 시인의 삶 안에 있는 모든 것, 정치, 경제, 군사, 외교, 전쟁, 혁명 등 치열한 현실적 체험은 말할 것도 없고, 고뇌, 인정(人情), 비극, 자연, 심지어는 가련한 잡초를 하나 바라보는 일에 이르기까지 뭣 하나 놓쳐서는 안된다. 그리고 이러한 모든 체험을 시에 담되 그것을 대하는 관점이 현실적, 정치적, 역사적 차원에만 머물러 있어서는 안되며 언제나 존재의 차원, 영원의 차원에서 바라봐야 한다는 것이다. 이것은 시인의 시야가 한 떨기 작은 꽃에서 큰 전쟁에 이르기까지, 현실적, 역사적 차원에서 존재적, 영원적 차원에 이르기까지 굉장한 영역으로 확대돼야 한다는 것을 뜻한다. 더 간명하게 말해서 꽃과 사랑과 전쟁과 종교를 두루 하나로 조화 결정(結晶)시켜야 되는 것이다. 그런데 시인 구상이 이 넓은 영역을 시로써 어떻게 덮어 왔는가를 보기 위해서는 그가 8·15 해방 전후에서부터 지금까지 써온, 장편 연작시 5, 6편을 포함하는 약 6백 편의 시를 두루 살펴봐야 할 것이다.

화제를 조금 앞서 나왔던 대목으로 되돌려서, 시에 대한 구상의 근본 사상을 최대한으로 간명하게 표현해 보자면, 주어와 빈사(賓辭) 사이에 '경험의 시화'라는 조건이 붙긴 하지만, 결국 '시는 뜻'이라는 말이 된다. 이 간명한 말이 일단 그렇게 선언하는 시인에게는 엄청난 짐을 안겨 주는 결과가 되는 것이다. 왜냐하면 '뜻'은 또 경험에서 오는 것이므로 실지의 경험 없이는 한 편의 시도 쓸 수가 없다. 다시 말해서 전쟁의, 또는 그것에 준하는 경험 없이는 참된 전쟁시는 현실적으로 쓸 수가 없다. 여기에서 시인의 시와 삶이 이어진다. 곧 시와 삶이 서로 '전인적 행위'의 일환이 되는 것이다. 그리고 여기에서 시인 구상의 행위와 인간 구상의 행위가 서로 조응하는 관계에 놓이는 것이다.

3

주마간산 격이 될 수밖에 없겠으나 이제 지금까지 구상이 펼쳐온 시의 세계를 일별할까 한다.

6·25 후에 써낸 시집인 《焦土의 詩》(1956)에서 구상은 전쟁의 참상과 둘로 분단된 조국의 각박한 현실을 냉혹하다 싶을

정도로 생생하게 증언하고 있다. 그러나 여기에도 영원의 차원에서 내려다보는 따뜻한 시선이 결여되어 있는 것은 아니다. 〈焦土의 詩·2〉에서도 그러한 보기를 볼 수 있다. 산문시로 된 이 시의 줄거리는, 한밤중에 달리는 기차 안에서 살빛 흰 한 창녀가 깜둥이 사생아를 달래지만 이 애는 자꾸 보채기만 한다. 딱한 처지에 있는 이 '黑白의 母像'을 보다 못해 시인이 그 깜둥이 아기에게 캐러멜 몇 개를 먹이자 이번에는 이 시인이 제 아비라도 되는 양 아예 시인의 품에 안겨서 잠이 들어버린다…… 현실의 비극적 요소와 해학적 요소 그리고 종교적인 심상 등이 두루 융합된 감명 깊은 명품이다.

역시 산문시인, 그리고 〈徒刑囚 짱의 獨白〉이란 부제가 붙은 시 〈드레퓌스의 벤취에서〉도 인생의 실존적 조건과 자유의 문제에 관한 매우 심각한 내용을 담은 시이다.

> 빠삐용! 그래서 자네가 찾아서 떠나는 자유도 나에게는 속박으로 보이는 걸세. 이 세상에는 보이거나 보이지 않거나 창살과 쇠사슬이 없는 땅은 없고, 오직 좁으나 넓으나 그 우리 속을 자신의 삶의 영토로 삼고 여러 모양의 밧줄을 자신의 연모로 변질시킬 자유만이 있단 말일세.
>
> 빠삐용! 이것을 알고 난 나는 자네마저 홀로 보내고 이렇듯 외로운 걸세.

부자유를 벗어나서 자유를 찾아나서려는 집념 또한 또다른 부자유가 될 수 있다. 이것을 실감하고 동료 빠삐용만을 떠나 보내고는 쓸쓸히 독백하는 '짱'은 주어진 실존적 조건을 묵묵히 수용함으로써 오히려 그것을 초극하는 현대의 '시지프스'이기도 하다.

1960년대에 펴낸 연작시 〈밭 日記〉 100편은 존재의 문제와 생성 변화하는 사물의 오묘함을 노래하고 있다. 대지에 자리잡은 밭은 영원한 정점처럼 움직이지 아니한다. 그러나 그 안에서 얼마나 오묘한 싹틈과 개화(開花)와 결실의 운동이 계절 따라 전개되는가.

〈밭 日記〉가 이를테면 존재의 '정중동'을 읊은 시편이라면 역시 연작시인 〈그리스도 폴의 江〉은 시간과 영원의 관계를 읊은 '동중정'의 시라 할 수가 있을 것이다. 강은 흘러흘러 쉴 사이가 없다. 그러나 그 안에 떠오르는 한 줄기 변함없는 영원의 모습.

> 강이 흐른다……
> 過去와 未來의 그림자도 없이
> 無常 속에 單一한 自我를 안고
> 鐵石보다도 굳은 사랑을 안고
> 영원 속의 순간을 호흡하면서

1981년에 다시 연작시로 펴낸 〈까마귀〉에서 까마귀는 당시 숨막힐 듯한 유신시대에 '轢死를 각오한 듯' '까옥 까옥 까옥 까옥'하며 마치 세례자 요한처럼 흉한 목소리로 시대적인 예언을 한다. 이렇듯 구상은 한 주제를 길게 추구하는 연작시를 매우 선호하는 편이다.

들끓는, 그러면서도 냉혹한 역사적 현실과 존재와 영원에 관한 종교적 묵상 사이를 두루 메우고 있는 구상의 시세계를 짧은 지면에서 두루 살필 수는 없다. 그러나 갈수록 빛을 뿜는 노년의 지혜를 담은 시 〈老境〉의 시구를 다시 인용할까 한다.

죽음을 넘어 彼岸에다 피울
찬란하고도 不滅하는 꿈을 껴안고
白金같이 빛나는 老年을 살자.

　여기에서 다만 지나는 몇 마디로라도 꼭 언급하고 싶은 일
이 두 가지가 있다. 그 첫째는 만약에 구상이 이른바 '뜻의 시
인, 메시지의 시인'이라고 해서 시의 기교적인 면은 소홀히
하고 있지 않은가 하고 생각한다면 그것은 지나치게 단순한
생각이라는 점이다. 구상의 시를 면밀히 살펴보면 그는 오히
려 무기교의 기교를 내세울 수 있을 만큼 고도로 세련된 기교
를 구사하고 있음을 알 수 있을 것이다. 둘째는 구상의 시에
서 이른바 해학적 요소가 알게 모르게 시의 깊이에 이바지하
고 있다는 점이다. 아시는 바와 같이 우리의 전통적인 해학이
란 인생의 유한성에서는 오는 한(恨)을 달관의 경지에까지 승
화시키는 데서 우러나오는 고도의 정서라 할 수가 있는 것이
다.

4

　무엇이 시인 구상을 이렇듯 넓은 시야와 깊은 큰 포용력을
갖도록 한 것일까. 이 일은 우리가 한 영혼의 비밀을 다 풀 수
는 없는 경우처럼 다 규명할 수는 없을 것이다. 다만 구상의
삶에서 외적으로 드러난 조건들은 우리에게 이 일을 생각할
수 있는 단서를 준다. 구상은 남과 북의 정치현실을 모두 겪
어 왔음으로 해서 이 둘을 하나로 통일할 수 있는 '비전'을 제
시할 수 있는 위치에 있다. (구상은 1946년에 이른바 시집 《응향
(凝香)》 사건을 계기로 북한을 탈출했다.) 구상은 대대로 이어

져 내려오는 독실한 가톨릭의 집안에서 자랐으나 일본대학의 유학시절에는 종교학과에서 불교를 전공해서 범종교적인 시야를 넓혔다. 구상은 한학과 국학에도 노력을 게을리하지 않았다. 그리고 무엇보다도 구상은 고도로 예민하고 섬세한 예술적 감성의 소유자이기도 하다. 그러나 구상은 아마 우리가 모르는 각고의 노력을 통해서 '뮤즈'의 총애를 받기도 하였을 것이다.

시인이며 교수인 이운용은 구상의 삶을 평해서 '구상은 우리 역사와 존재문제를 숙고하고 통찰한 대표적 시인으로 손꼽힌다. 그는 시인으로 남기를 바라고, 인간으로서의 양심을 지켰으며, 가톨릭 신자로서 선과 사랑을 실천으로 옮기고 교수로서 깨끗하게 살고 있는 시인이다', 이렇게 평하고 있는데 필자도 전적으로 동감이다. 그러나 시인 구상의 인품에서 이는 그 훈훈하고도 은근한 향기를 어찌 말로 다 표현할 수 있을 것인가. 어쨌거나 하나 안에 여러 모습을, 여러 모습 안에 하나를 거느리고 있는 구상은 우리나라의 큰 시인이며, 이러한 큰 시인과 함께 있는 우리는 크게 다행스럽다.

● 저 자 연 보

1946. 북한 원산에서 시집 《凝香》에 작품이 수록되어 그 필화를 입음.

1951. 시집 《具常》 펴냄.

1953. 사회평론집 《民主告發》 펴냄.

1956. 시집 《焦土의 詩》 펴냄.

1960. 수상집 《沈言浮語》 펴냄.

1965. 희곡 《羞恥》 발표.

1967. 연작시 《밭 日記》 100편 발표.

1969. 시나리오 《檀君》 발표.

1975. 《具常文學選》 펴냄.

1976. 수상집 《永遠속의 오늘》 펴냄.

1977. 수필집 《宇宙人과 하모니카》 펴냄.

1978. 신앙 에세이 《그리스도 폴의 江》 펴냄.

1979. 默想集 《나자렛 예수》 펴냄.

1980. 희곡 《黃眞伊》 발표. 시집 《말씀의 實相》 펴냄.

1981. 시집 《까마귀》 펴냄. 시문집 《그분이 홀로서 가듯》 펴냄.

1982. 수상집 《실존적 확신을 위하여》 펴냄.

1984. 自傳詩集《木瓜 옹두리에도 사연이》 펴냄. 시선집 《드레퓌스의 벤취에서》 펴냄.

1985. 수상집 《한 촛불이라도 켜는 것이》 펴냄. 《具常連作詩集》 펴냄. 서간집 《딸 紫明에게 보낸 글발》 펴냄.

1986. 수상집 《삶의 보람과 기쁨》 펴냄. 佛語譯 시집 《타버린 땅》 巴里서 펴냄.

1987. 시집 《개똥밭》 펴냄.

1988. 수상집 《시와 삶의 노트》, 시집 《다시 한번 기회를 주신다면》, 시론집 《현대시창작입문》, 이야기시집 《저런 죽일 놈》 펴냄.

1989. 런던에서 英譯시집 《타버린 땅》, 시화집 《유치찬란》 펴냄.

1990. 韓英對譯시집 《신령한 새싹》, 英譯시화집 《유치찬란》 펴냄.

1991. 런던에서 英譯연작시집 《밭과 강》, 시선집 《造化 속에서》 펴냄.

1993. 自傳시문집 《예술가의 삶》 펴냄.

1994. 아흔에서 獨譯시집 《드레퓌스의 벤취에서》 펴냄, 희곡 시나리오집 《黃眞伊》 펴냄.

1995. 수필집 《우리 삶, 마음의 눈이 떠야》 펴냄.

오늘 속의 영원, 영원 속의 오늘

초판 인쇄·1996년 3월 20일
초판 발행·1996년 3월 25일

지은이·구상
펴낸이·임종대 / 펴낸곳·미래문화사

등록번호·제 3-44 / 등록일자·1976년 10월 19일
주소·서울시 용산구 효창동 5-421 ㉾ 140-120
전화·713-6647 / 715-4507
팩시밀리·713-4805

값·3,500원